巨变

一個村莊振興詩記

总策划◎李裴

主编◎杨杰

作者◎李云

贵州大学出版社

Guizhou University Press

图书在版编目（C I P）数据

巨变：一个村庄振兴诗记 / 李云著 . -- 贵阳：贵
州大学出版社，2021.6
ISBN 978-7-5691-0443-1

Ⅰ . ①巨… Ⅱ . ①李… Ⅲ . ①抒情诗 – 中国 – 当代
Ⅳ . ① I227.2

中国版本图书馆 CIP 数据核字 (2021) 第 102447 号

巨变：一个村庄振兴诗记

JUBIAN: YIGE CUNZHUANG ZHENXING SHIJI

总 策 划：李 裴
主　　编：杨 杰
作　　者：李 云
....

出 版 人：闵 军
策划编辑：吴 瑕
责任编辑：钟昭会
校　　对：吴亚微
装帧设计：沈钱利　陈 丽
....

出版发行　贵州大学出版社有限责任公司
　　　　　地址：贵阳市花溪区贵州大学东校区出版大楼
　　　　　邮编：550025　电话：0851-88291180
印　　刷：贵州思捷华彩印刷有限公司
开　　本：889 毫米×1194 毫米　1/32
印　　张：6.25
字　　数：110千字
版　　次：2021年6月第1版
印　　次：2021年6月第1次印刷
书　　号：ISBN 978-7-5691-0443-1
定　　价：60.00元

划时代、铸丰碑、镌诗史

——序李云的红色长诗《巨变》

杨四平

　　中国人民站起来以后，就一直梦想着富起来、强起来，尤其是当历史的车轮驶入新时代，这种愿望变得更为强烈。于是，在中国共产党的顶层设计和总体运筹下，中国大地处处展开了誓言铿锵、真抓实干、捷报频传、不达目标绝不言胜的脱贫攻坚奔小康之战。尽管我国已跃居世界第二大经济体的位置，但是，在波诡云谲的国际背景下，在国内种种现实压力下，解决 14 亿中国人吃饭问题已实属不易，更何况要全面脱贫奔小康！面对几千年来先辈们都没有解决的千古难题，中国共产党率领新时代的中国人民决心破解这道难题，并要向世界交出令人称赞的高分答卷。"向贫困发起总攻"是新时代中国共产党的总号令；"一道迈入全面小康社会"是新时代中国共产党的承诺。当我们看到一批又一批村庄和县域被摘掉贫困帽子的时候，当我们看到一群又一群全国扶贫先进典型涌现的时候，当我们看到广大民众脱贫奔小康的故事流传的时候，当我们看到2020年我国决胜全面建成小康社会的时候，我们一面真切地逐步实现着中华民族伟大复兴的中国梦，一面也情不自禁地为这个辉煌史诗般的新时代而赞叹、鼓掌、放歌。

李云的长诗《巨变：一个村庄振兴诗记》就是在如此伟大的时代、如此生动的实践、如此显赫的功绩、如此非凡的影响之背景下创作出来的。身处如此火热的时代，除非你麻木不仁，除非你视而不见，除非你无能为力……作为诗人，我们都应该为新时代的新气象而高歌。从这个意义上讲，李云不负这个伟大时代。

与20世纪五六十年代那种极其高调而有时不免空泛的政治抒情诗不同，也与20世纪70年代末80年代初那种批评锋芒明显外露的政治抒情诗有异，李云的这首长诗——显然可以划入政治抒情诗范畴，乃至可以归入中国红色诗歌——却没有以往政治抒情诗常见的空泛和针刺，而是以政治和个性共存，激情与理性互生，普遍性与特殊性同现，写实、沉思和抒情并用的创作方式，从整体上体现了新时代政治抒情诗的风貌与特色。

如前所述，在新时代的中国大地上，脱贫攻坚的先进事迹和英雄人物，遍地开花，层出不穷。在文学创作上若想面面俱到是办不到的，也没那个必要；尤其是做诗，忌讳用抽象的题目和用抽象的写法。李云此诗的精明之处首先在于，他使用了具体的题目和具体的写法。

申言之，在新时代中国脱贫攻坚的诸多先进事迹及人物里，此诗择取了富有典型意义的"全国文明小康村镇"——"塘约村"和以左文学为代表的脱贫攻坚英雄群体，以此为视角、题材和方法，来记录新时代中国脱贫攻坚的伟大创举，讴歌为脱贫攻坚做出不朽功勋的新时代英雄。正如李云自己所言："用长诗书写脱贫攻坚大英雄。"

李云这篇长诗第二个精明之处是，对这一具有划时代意义的史诗性的新时代题材，它没有采用古旧的悲歌或哀歌体式，也没有采用建国初期一度流行的生活牧歌体式，而是采用与之相匹配的颂歌体式，也可以说它是一曲气象恢弘的英雄交响曲。整首长诗的结构由"引诗""塘约在说""左文学说""村干部说""受益者说""新村民说""塘约告诉中国"等六个乐章和"尾声——塘约之约抑或塘约之跃"组成。它从中国贫困史、贵州贫困史和塘约贫困史一路写来。在漫长的历史征途中，如"引诗"之《造物者说》所写："饥饿盘旋在他们头顶。"又如《贵州史说》所宣："谁能让人民摆脱贫穷""谁又能让人类富裕／谁就是我要大书特书的人。"这里的"人"是"大写的人"，是"复数的人"，是以全国扶贫劳动模范左文学为代表的英雄群体，是伟大的中国共产党。因此，在"第二乐章：左文学说"里，有这样的诗句："我不是英雄""所有的光荣都属于人民""一切围绕幸福展开／一切应民瘼发生。"诗里写到左文学领导村民组建"金土地"合作社发家致富。正是因为发生在中国大地上数不胜数的脱贫攻坚奔小康的事迹及英雄不是单数的、个别的，而是复数的、群体的，所以诗人没有像以往革命史诗性诗篇和革命传奇性诗篇那样以某一位英雄为中心而展开叙事、抒情和评点，描绘和展现英雄超凡脱俗的神话色彩，以至于常常出现某种观念和思想的符号化和空洞化。李云尽管注意了诗歌的形象化，但是他没有刻意使之典型化，没有故意拔高他所要抒写的对象及事件，他只是稍微突出了村支书左文学的角色和地位，而把其团队的形象及力量也放在了举足轻重的位置，同时还不忘让"受益者"和"新村民"这一特定的群体作为检验脱贫攻坚实际成效的试金石。有了以上这些创作特质，诗人就不用担心有人会责备此诗所谓的人物形象不够典型了！当然，也许正是因为诗篇以各种人物现身说法的形式来抒写他们各自的经历和感受，虽然没有偏离众说一词的总主题和总基调，但其中的重复之意也时有出现；还有就是，如果从有机统一的角度来观察这首长诗，我们不难发现，此诗前面写得比较从容，而后面有些地方就显得"行色匆匆"了。

总而言之，塘约之路和塘约模式具有典型价值和示范意义。此诗以"塘约之约"和"塘约之跃"为主题，兼及新时代的"中国之约"和"中国之跃"，在全民共同参与和投入的全国性脱贫攻坚这一伟大而雄壮的英雄交响曲中，乃至在间插的许多复调里，始终突出了中国共产党的领导和民心所向的主旋律，把新时代中国人民奔小康的新乐章和新传奇史诗性地呈现在了世人面前。在具有划时代意义的新时代中国，全面实现小康无疑是让世人景仰和膜拜的丰碑；它是中国人民给世界创造的又一伟大人类奇迹，已经成为并将继续成为人类史诗创作的首选。因此，李云应为这篇长诗参与了、记录了、抒写了这个新时代、新丰碑和新史诗而感到骄傲和荣耀。

（杨四平：华夏文化促进会顾问、教授、博导、著名诗歌评论家）

目 录

contents

引 歌

一、造物者说

无数个星球都是她的伙伴
而她是我最宠爱的女儿
这美丽星球上一切的一切
都是我滚烫的泪水
我迸发的灵感和潮水般不可遏止的祝福
人类以及一切渴望阳光和雨水的万物生灵们

你们要相信即使是戈壁、沙漠和沼泽
也是我为避免贫乏而使用的修辞
是你们的花朵、梦想和连自己也未意识到的家园
辽阔的大水是所有生灵曾经的故乡，如今
依然接受你们皮质鳞质木质铁质皮肤

感恩的拥抱和贴近

我把平原赐给黄河长江淮河

我把天空赐给鸟类飞虫

以及一切梦想和翅膀

这里，你们居住的高原，曾经

是我豪情喷涌的作品

它们至今保持着我最初愿望的造型

我用天火融沸的岩石

呼唤大风驱赶灼热的洪流如虎豹般奔跑

碰撞、冲突、纵横、欹侧、纠缠，如同

命运的欲望和挣扎，如同

分娩的阵痛和呼喊

如虎如豹如狮如象如龙般，嘶吼

我再凿通天河天湖天海

九万九千九百九十九道瀑水齐齐崩泻

瞬间凝实的山体，婴儿般安宁

没有黄粱，唱经的佛道教徒的出现还在很久之后

梦长以万年计，我在梦里做梦

它们在梦里呼唤重见天日，渴望

放牧花草、牛羊和间或落下的飞鸟

我决定以惊天地的印支运动

隆起、凹陷、积累你们的渴望

再以喜马拉雅造山运动抬升你们的梦想

我把种子连同阳光一起撒下

云贵高原

我把诗篇藏在每一座山里每一条河里

每一只鸟的舌头上

每一条鱼的尾鳍上

每一匹马的鬃毛上

每一年每一世的夭夭桃花里

你们一定可以找得到

我拣选你们，你们拣选高原

都不是偶然

你们是亿万年前的鱼或猿

空气如水，你们的哲人

慨叹逝者如斯的时候

就注定你们会在看不见的水流里，回到

祖先的深海

如今的高原

贫穷不是我给你们的宿命

你们茹毛饮血的时候

地理上的江南

山鬼依然在烟瘴之中
和着月色
用猿猴的语言歌唱

二、贵州史说

我的故事是以云写就的
它环环相扣如连绵不断的山体
我有足够多的山谷、洞穴、丘壑
每一块石头出神的时候近似于云
每一棵树，每一缕泉声，都是如此

我的语言五色斑斓，多民族的乡音在此
也太过随意漫漶语焉不详
而最初的聆听者放下钻木取火的燧石
他们跪拜、舞蹈、讴歌，并以
云一样的语言口口相传
云流淌的时候
有人在磨打石头
他们企图发现造物者藏于其中的箴言和真理

我的传说是用水写的

赤水之东，有长胫之国，有三苗国

有西周之国，姬姓，食谷

赤水之后，黑水之前，有大山，名曰昆仑之丘

有神，人面虎身，有文有尾，皆白

赤水之西，有先民之国，食谷，使四鸟

赤水之南，流沙之西，

有人珥两青蛇，乘两龙，名曰夏后开

赤水上的三棵树不知去向

芙蓉树在鳖水的两岸突然盛开后改名芙蓉江

鳖水多鳖，擅长捕鳖的地方叫鳖国

鳖人善治水，鱼凫，鱼互，渔妇，禹的父亲名鲧

神话与炊烟在时光深处争吵不休

鳖国改鳖县，现名绥阳，和夜郎国一起

在四百四十七座山峰中盘旋

最终消失在洛安江的流水里

我的历史是用土写的

笼火的软泥是陶质的语言

它神秘悠远的色泽

适合传递关于图腾、巫术和蛊的信息

它们一起蛊惑着云水

土生土长的杜鹃

在某一日醒来长出羽毛
啼血说出大地深处的秘密
你要相信这片曾被拣选的土地
这八山一水一分田的先民之国
一定埋有造物的钥匙

我璀璨的文明昭示着
这里的每一块土地
都能熬出墨汁或长出鲜花
以及最饱满的谷穗
以书写贵州的荣耀和丰饶
菜色的肌肤和瘦瘠的表情
不是贵州自带的基因
饥肠辘辘，贫穷落后
不是贵州叙事中惯用的词语
但很多年过去了
横亘历史如珠峰般存在的
依然是抹不去的贫穷
谁能横刀立马，以青史的浓墨
笔走龙蛇，写下
"我们要让贵州彻底脱贫！"
我听到了他的声音
并为他腾出竹简
以待那一笔浓墨如峰

三、共产党说

取经人的马布满风尘和硝烟
要在内心建造多少座大雁塔
才能让经世致用的真理以及
被时间翻动的日新月异
相互翻译、辩难并长成
现时的当归、杜仲
和辨证施治的本草经
才能彻治华夏的大地上
所有的苦难和哀伤
并解开那道
关于贫困的难解之题

这片苦难与辉煌并存的土地
刀剑与鲜花辉映的土地
这片埋葬着无数先行者的土地
实践了商鞅、王安石、戊戌变法的土地
这片驰骋过秦皇汉武唐宗宋祖的土地
这片实验过三民主义的土地
铁蹄的烟尘弥漫了半个20世纪的土地
这片泣血生灵涂炭的土地

是那么渴望富强、富强、富强！

济世的良方
在白色恐怖的中国东躲西藏
南湖的画舫
把古老而沉重的中国领航
我们要砸碎的不仅仅是石头
还有牢笼，我们要斩断的
不仅仅是绳索，还有锁链
我们要推翻的不仅仅是制度
我们要解放的不仅仅是人民
还有地火的呐喊
小草的呻吟
我们找到了
深藏在造物和历史深处的钥匙
我们要调和鼎鼐，燮理阴阳
让一切蓬勃而节制
让真与美拥抱
让善与丰协调
生存的本能与和谐的共存
像蜜蜂与花朵一样相互赞美
我们要把大众的欲望
转化为发动机的燃料

我们要铸造可以称量尘埃的天平
要把北斗植作秤星
我们要让制度成为人性的沃土
并能催生他们内心的鲜花

我们筚路蓝缕
我们胼手胝足
建国、开放
温饱、小康

当历史的重担，落在了这一代人的肩头
这位睿智且果敢的伟人肩头
当振兴民族的大任，托付于
这一代人的双手
共产党人站在新世纪的潮头
饱含豪情地宣布
2020 年
要在中国的每一寸土地上
消灭人类史上不曾断绝的贫穷
实现全面小康

誓言如此豪壮
道路既阻且长

旷日持久的战斗中，共产党人

在九百六十万平方公里的大地上

谱写一页页热血的华章

春雨桃李

柳绿花香

激情的色彩被春风鼓荡

填补昔日的创伤

生长华美的衣裳

还记得那年的西风烈吗

还记得那年的霜晨月吗

马蹄声碎，喇叭声咽

纵雄关如铁

亦迈步而越

苍山依然如海

残阳不再如血

而今如旗，如画，如漫山遍野

映山红的热烈

勇士们的背影已经遥远

就在娄山关不远

就在赤水河不远

就在遵义城不远

就在贵州

造物者灵感迸发的贵州
就在贵州
就在安顺的平坝
就在平坝的塘约
共产党人左文学，面对他的
西风烈
霜晨月
洪水如崩，乡亲呜咽
挥如椽大笔，毅然写下
一位共产党人
带领
一个名叫塘约的贫困村庄
迈步从头越的
奋斗史记
攻坚克难的
致富传奇

第一乐章　塘约在说

看这里，土地平旷庄稼葱茏

看这里，黄墙红瓦屋舍俨然

看这里，垂髫黄发怡然自乐

看这里，分工协作条理井然

那么清新，他依然是个少年

矫捷如清晨的乳豹

生动如春天的新芽

我听见他们这样说

我常常恍惚于自己的年龄

就像月亮恍惚于自己的倒影

我说自己才七岁，你信吗

不信！你听完我的叙述后

终归会相信

是的，我叫塘约

我总是这样介绍自己的姓名
我是汉、苗、布依族人民共居的山寨
这里是拥有乌金和泥陶砂锅的山寨
这里先人的双手织出过云贵广三省喜欢的布匹
这里先人的双手造出了云贵广三省紧缺的白纸
这片崇文尚武的土地上
走出过贡生与武进士

每当人们打开《平坝县志》
手指处，时间纷纭
我总会陷入魔怔
手抚面庞的红润
俯首时间的深井
往事如潮汐般奔涌

神话久矣
单说开始于洪武十五年的
一百六十万人的大迁徙
调北征南，调北填南
回雁峰也拦不住
一百六十万羽悲伤的雁鸣
桃花开了六百度
乡音被高原的风擦了又擦

沃土埋葬了他们的祖先

又把最新鲜的菜蔬、女人和孩子

放在他们的春天里

六百年稼穑

用旧了月亮

先人的犁铧

被自己翻起的岁月覆盖

一茬茬人走进了山上的土穴

他们的目光

与日子一样

惨淡经营

六百年的贫穷

积累的只是

祖先骨殖豢养着的土地

他们祭祖拜神时的祷辞

六百年一成不变

风调雨顺

他们睡在稻草上

他们盖着"秧被"

他们用磁片割断脐带

为产妇接生

他们用草木灰
迎接新到来的生命
他们用眉间放血的古老方法
治疗决定生死的疾病
他们山上背煤砍柴
他们地里抟土烧陶
他们背着祖先的庇佑去城镇
换取饱腹蔽体的日常
他们翻越山岭的时候
会坐在坟上休息
并抚摸那些老去的泥土
他们用黑色的石头
与铁片对话
擦出一朵朵红色的方言
点燃蒿草搓成的长绳
却怎么也照不彻
塘约的长夜

1949 年 11 月 15 日
贵阳解放，17 日
青鸟与解放军同步赶来
住在城里的
圈占了塘约所有土地的黄、梅两姓

第一次怀疑自己的姓氏
暗含着颓败的含义
他们的族中
下起了黄梅雨

1951 年的夏天猛然到来
贫穷的塘约人分到了渴望的土地
他们为触手可及的温饱狂喜
趴伏在自己的田地里
以跪拜祖先的姿势
甚至想用自己的泥土
就此把自己掩埋
他们睡在自己的田里
直到东方发白
直到第二天的阳光
重金属一般泼来

1952 年的春潮啊
比钱塘江的潮更猛
比珠峰的风更烈
1952 年的春泥啊
比麦面更劲道
比少女的手更温软

1952 年的春雨啊

比七色盒更丰富

比大豆油更金贵

站在田里

满身都在发痒

像要长出快乐的叶子

长出飞翔的羽毛

我的力气也是你的

我的工具也是你的

只要是自己的土地

他们的手

就能托得起山

就能修得出路

就能筑得起坝

就能改变河的流向

优势与梦想联合，"穷棒子合作社"

就能在漫山遍野

安排豪华的仪仗队

迎接叮当作响的秋天

温饱催生的

不仅仅是塘约饱满的春秋

还有争先恐后奔赴而来的孩子

他们填满了塘约

土地

已经竭尽全力

供养所有嗷嗷待哺的嘴巴

米缸的底部

晃动着缸口的空洞的眼神

地里已经被拨寻得只剩了寒风

他们早起，等待

榆树长出叶子，等待

昨天薅过的野菜

重发新芽

土地饱含泪水

无能为力

1976 年的春节

离塘约不远的顶云公社

陶家寨，已经断粮了一些日子

米糠也快告罄，搜寻野菜的范围在不断扩大

春天还未成长

就被饥饿刨食成荒凉的冬天

38 岁的生产队长陈高忠

对着与蒿草一样枯槁的社员们说

"分了吧！包产到组！"

那年的春天是从夏天开始的
拔节的速度，赶上了第一缕秋风
那年的秋天饱满结实
阳光的余温
炙热着冬天的深处
第二年的春天是从容到来的
那个开启了"顶云经验"的会议
是在一个名叫灯盏窝的洼地里开的
新叶和枯枝一起藏匿着他们
他们在签名和摁手印时
不得不拂开凑脸观看的蒿草

那是 1977 年的春天
比小岗村早了整整一年
细绳和石桩见证着
隐秘的分田到户
上工的号子还未吹响
精耕细作的锄头
已经埋下了第一缕阳光
秋天，千万杆穗子垂头感恩的时候
惊动了顶云、安顺和贵州

也让前来观看的塘约人
震惊如风中的蜻蜓

定产到户，超产奖励
顶云经验来到了塘约
洗布河发布的春信
让河边的每一粒柳芽
兴奋不已
那年塘约的秋天
金风如约而至
仓里的稻谷
以一粒粒金色的语言
书写崭新的诗篇

与此同时，在遥远的东南
在更南的南方
更宏大的春天正在成长
交响乐般的史诗正在谱写
那是金属质感的春天
钢铁的春天
是货轮、铁路和飞机运载的春天
是钢筋水泥铸造的春天
那里的春天

需要成千上万的体温
燃成煤，燃成汽油，燃成内燃机的动力
驱动冰凉的机器
混成激昂的交响
那是巨大的裹挟力
那是巨大的吸引力
那是不可拒绝的必然性
一列列"盲流专列"
拉着无数吃饱和致富的渴望
去南方！去南方

我慢慢地空了
劳动力候鸟一般
飞向东南，飞向更南的南方
他们造山运动一般
抬起了城市的高度
铺开了城市的广度
填充了城市的密度
做大排挡、摆地摊、推车卖水果
他们做修理、装空调、疏通下水道
他们开锁、修伞、开出租
他们争分夺秒开摩的
他们填充着城市所有的角落

他们满足着城市所有的点单
他们的乡愁
在织布机、搅拌机的轰鸣声中
碎成疲惫的睡眠
他们的自尊
在餐馆、东家的呵斥声中
碎成委屈的泪珠
他们的健康
在粉尘、地下室的浊气侵蚀下
碎成带血的咳嗽
一张张汇到塘约的汇票
无不是蘸着汗水和泪水
画出的笑脸

每年腊月都是我
最渴望又最悲伤的时候
风已经玻璃一般亮了
站在村口的孩子
常常会拖着寂寞的足音回家
老人会以各种借口
来村口探望
他们的时间比日历翻得更快
薄薄的二十来张

从正月就开始看起

村庄已衰败不堪
飞鸟衔来的草籽
衰败在失修的瓦片上
记叙着具象的时间
楮树破墙而立
裸露的红砖墙
有着废墟一般的神情
孔桥的回忆已经黑白
整日形影相吊
洗布河瘦成了
一条脏旧的毛巾
原本筒裙一般的梯田
荒草已夺回它们的领地
各种野草野菜
占据了麦苗的家园
稀稀疏疏地写着
潦草的记事

归来吧
田园将芜
我的呼唤响彻年头年尾

我听得见他们心弦的颤动
我听得见他们的回应
他们说，我又何尝不想尽孝
赡养行动不便的老父
他们说，我又何尝不想尽责
陪伴正在成长的孩子
他们说，我又何尝不想尽享天伦
守着恩爱的妻子，只是
四千八百多亩土地
如何养活三千多号人，只是
这人心涣散疲敝落后的村庄
如何能给孩子光明的未来

我无法给予他们答案
道路需要塘约人自己摸索
像我一样的空心村
全国还有很多
他们迅速凋敝
他们意志消磨
他们徘徊观望
他们岁月蹉跎
退无可退进无寸进
现代化的大浪卷雪扬波

不进则退

岂容一个村庄苟活

脱贫攻坚是历史的诗歌

全面小康是党的承诺

2014 年席卷我的洪水

让我疼痛

让贵州疼痛

让中国所有的贫困村庄疼痛

它逼着所有的村支两委

勿要迟延

速速交卷

安顺亮剑

平坝亮剑

塘约亮剑

塘约的村支书左文学亮剑

我们已经退无可退

还怕失去什么

我们已经一无所有

何不破釜沉舟

我们已经退无可退

只能抱团取暖艰苦奋斗

联合起来，成立合作社

凭我们的智慧和双手
走集体发展道路

2014 年是我的新纪元
我把它之前的岁月都当做
茧中的孕育，蛹中的蛰伏
子宫里的成长等候
2014 是我的生年
逆向着洪水
我纵声长吼
宣告塘约模式的成型
塘约——即将缔造它的伟大春秋

塘约人不会忘记左文学
塘约史不会漏写左文学
塘约的朝天印刻着左文学
清凌凌的洗布河歌唱着左文学
塘耀桥的柱础上雕刻着左文学
塘约人的欢歌笑语里流淌着左文学
左文学只是个村支书
但他把全部身家都献给了塘约
左文学只是个高中生
但他把塘约厚重的历史都已读透

左文学只是个凡人
但为了塘约，他成了
捶不扁、炒不爆、压不碎的铜豌豆
成了烧不死累不坏苦不怕的孙行者

其实他更是呀，新一代村支书的代表
他是党的如椽之笔
用自己的热血和汗水
涂掉贫穷的印记
靠人民的双手
以党的智慧
重构
塘约的蓝图

走进我吧
听一听我的故事
走近左文学吧，听一听
一个普通村支书的传奇
听一听信念如何靠汗水兑现
听一听大爱如何用汗水书写
听一听初心如何用汗水起搏
听一听，所有人
都该听一听

它已经不仅仅是一个脱贫的故事
它已经不仅仅是一个村支书的故事
它蕴含着人生的真理
它会告诉你很多
很多

第二乐章　左文学说

（左文学：塘约村党总支书记）

在说塘约山乡巨变之前
我们先来看这村口的几块异石
对！就是这几块高不到一米
兀立而起的石头柱子
它们的顶部均呈四方型
"朝天印"

传说中也没有说清
这盖向苍穹的大印
是怎样忤逆了造化
祖祖辈辈
都只怨它颠倒了方向
如果倒过来
大地就坚实了

村庄就富饶了
仿佛，穷是塘约的宿命
仿佛，穷是塘约的魔咒
一个村庄的穷竟迁怒于几块远古的石头
我不信邪，我是共产党员
我们的宗旨是
"全心全意为人民服务！"
我的信条是
"不忘初心！艰苦奋斗！"

很多人到现在依然在说
2014 年 6 月 5 日
发生在塘约的那场洪水
是它促成了塘约的华丽转身
那是他们没有看见
滚滚而来的时代波峰

1990 年，小平同志的目光
就已洞穿时间的迷障
他振聋发聩的声音
依然在中国大地上回响
"中国农业的发展要经历两次飞跃
一次是废除人民公社，实行家庭联产承包责任制

二次是适应科学种田和生产社会化需要

发展集体经济"

习近平总书记

向世界、向中国

庄严承诺

"我们必须动员全党全国全社会力量

向贫困发起总攻

确保到 2020 年所有贫困地区和贫困人口

一道迈入全面小康!"

他要让贫穷这个世界难题

在中华大地上终结

全世界都看着中国

都看着中国共产党

如何破题、解题、答题

2014 年

"五位一体"已总体布局

"四个全面"已战略落实

脱贫攻坚的制度体系已经建立

脱贫攻坚的重点工作已经展开

攻坚的哨子已经吹响

攻坚的尖兵已经到达

古老的贵州
春天已经在悄悄地扩张
脱贫大计在全面布局
基层组织在狠抓建设
整个贵州大地
都在轻轻地颤栗

颤栗着的也有我
还有我的同事们
我们嗅到了春的气息
我们感到了春的萌动
我们已经开始尝试
但村民依然缺乏
放手一搏的决心
时间已到节点
我们只有发愤图强的冲动
却又是云山雾罩的懵懂
所以，我不是英雄
我只是感应到萌动暖阳的一根春草
只是感应到潺潺暖流的那条江鱼
我之所以说塘约变迁或我的故事
是想通过我的经历告诉您
我们正处于一个多么伟大的时代

我们正受惠于一个多么伟大的政党
所有的奇迹都是政策的奇迹
所有的光荣都属于人民
属于中国共产党

"文学"是我的大名
给我取名的父亲
依然和乡亲们一样
叫我为"二牛"
我生于 1971 年，牛不是我的生肖
我那牛脾气的父亲
在我身上发现了自己
我便成了"二牛"

我和所有落榜的乡村孩子一样
回乡，娶媳妇，离开土地
去城市寻梦
在北京，那个叫苏家坨的地方
我在坚硬的钢筋水泥丛中
摆弄那种叫"电"的物质
我将光明的沟渠接通
照亮他们的屋里
也照亮窗外我仰望的影子

开始的新奇兴奋

终于如潮汐一般退去

自卑像醒目的牌子

挂在我的触目可及的地方

总是仰头吃饭

怕想起炊烟和母亲的味道

咸涩的泪水落进寡淡的菜饭

我渐渐害怕夜晚

父母、新婚的妻子，撒欢的狗儿

在我的眼前无声浮现

思念草一样密密匝匝

长满出租屋的边边角角

同来的人告诉我

"你这条牛病了"

我果真像牛一样

思念塘约的青草

北京郊区的蔬菜大棚

白雪中依然虚掩着

春天的温度

我的脑中虚构起

未来的盛景

我怀揣半年挣来的一千多元
夸父逐日一般向家乡奔跑
我要在塘约搭起大棚
里面种满乡亲们的惊奇
我要与父母妻子一起
搭建起塘约的奇迹

九亩地的收成
遮不住日子的边角
带回的一千多元
只够搭一方地角
我并未因此豪气顿消
不顾劝阻，我贷来五百多元
奔赴四川，不管蜀道多难攀援
党参、桔梗、独角莲
吃苦、坚韧、不服输
它们将成为我治疗贫困的大药
我永远记得回程火车站边
鹅肉粉的香味飘飘
我捏着仅剩的车票钱
忍住辘辘饥肠
浮上心头的岂止是饥饿
还有贫穷的无情嘲笑

独角莲成了我永生难忘的苦药

专治轻率、冲动和思虑轻飘

我埋头把牙关紧咬

从养一头母猪和她的十个猪崽开始

我走上养猪的苦累之道

相信科学不再固执

我从畜牧局要来种子

种下黄竹草和黑麦草

它们是我廉价高效的青饲料

我购置了碾米机、磨粉机、压面机

免费服务乡亲

只需留下米糠、麦糠和麦麸

滚动发展领先遥遥

"二牛真牛！"

我的大名远近知晓

乐平镇大屯片区

聘我做了主管会计

硐门寨谁不夸我

频出高招

第六年市场风狂雨暴

生猪价应声而倒

五年积蓄打了水漂
血脉里牛劲不屈不挠
卖掉生猪我购入黄牛多头
从此塘约的山坡上
群牛低头吃草
向阳处我仰天平躺
脸上盖着草帽
"那就是放牛的左二牛！"
人们指点着嘻哈说道
却不知我在观察思考
群牛中总有一牛肃穆
牛群都不远不近将它围绕
我只需在它脖下系一铜铃
它便可替我将牛群领导
我躲在树荫下读书看报
谋划崛起大计欲出手大招
将养牛场做大做好

养牛为我带来很大收效
我又办了个木材加工厂
一年收入在二十万左右
打不垮的犟牛左二牛
又在大屯诸山寨广为人知晓

我的日子真的是芝麻开花节节高

但改变我命运的不是财富

开阔我视野的不是金钱

撑开我胸怀的不是事业

而是后来我所说的

"合作社改变了我!"

大屯片区总支书朱玉昌把我找到

让我放弃赚钱的事业

去做贴钱不讨好的"村干部"

我的事业正是小牯牛拿大顶——牛气冲天

我已拿到了致富的钥匙

钥匙已插入锁孔

锁孔已吱呀扭动

那开启的声音

如黄金碰撞如白银叮当

如美妙的音乐如璀璨的灯光

就要领我站到舞台的中央

就要占领平坝的富豪榜

我岂能把我父亲的覆辙重蹈

带着全家受苦受穷

我的父亲叫左俊榆

做过塘约 38 年的村支书
从人民公社到联产承包
从一呼百应到应者寥寥
他没能让全村富起来
也没让我家富起来
更拦不住外出打工的人流
我看见他无数次
看向村口的转角
我听见他无数次
叹息声声自添烦恼

朱书记一次次登门
多少次我记不清了
我一次次拒绝
多少次我记不清了
我的父亲，塘约的老支书
老党员，他说
"二牛，朱支书为什么一次次来
因为他看到了你的能力
你的品质你的善良
他相信你也相信自己的眼光
你为村里做点事吧，今晚
我们开会相商！"

灯光昏暗，家庭会议上

父亲的声音低沉

"我也渴望富裕，可我

一个老党员，更希望，你

我的儿子，能把塘约带好！"

他把我妻子的工作做透

允许我为了工作随时拔脚就走

不管自己家里的活干了多少

哪怕村民上门争吵

也要端茶倒水，满面微笑

我妻素来善良

不忍拂逆她可敬的公公

塘约的耆老

父亲让我卖掉群牛

担起重责

替他把未竟的事业完成

我不由语带责怪

"三十八年，您为家里做了多少

而我才干几年，我们的生活

已经走上了康庄大道！

改革开放是国家大政

鼓励部分人先富起来
我为什么不可以，为自己
把日子过好！"

浑浊的泪水
在他的面颊上纵横长流
他默默地低眉垂首
良久才艰难开口
"三十八年岁月
我确实很少顾家
没有给你们带来富有
我确实放弃了个人致富的机会
只为塘约的发展奋斗
但我从不后悔
只惭愧能力不够
没能带领塘约
找到新的出口
但我无愧于一个共产党员的操守
塘约人尊我敬我
不是因为我富得流油
而是我的心亮亮堂堂
就像天上的星斗

"人还是要讲点精神

人的价值并不受金钱左右

你就是挣成亿万富翁

能比别人多吃几口

你就是有高楼一十八层

能比别人多睡几宿

当你老了才会知道

钱财不等于富有

你会后悔没有更高追求

为自己只能是山路，又窄又陡

为人民谋利益才是大道，又宽又平

如果你带领全村走向富裕

所有人的快乐都是你的成就

一个村子就像一栋高楼

没有几根柱子撑起

楼层怎能建构

试试看吧，二牛！"

他的身子已经佝偻

他的声音微微颤抖

二牛你是吃塘约的五谷杂粮长大的

二牛你的骨骼是塘约的山给的

二牛你的血液流淌着塘约的山泉

塘约的每一方土
都于你有恩
塘约的每一个人
都与你有亲
众多乡亲也多次登门
二牛，塘约就要散了
二牛，塘约需要发展
二牛，你该挺身而出
二牛，我们跟着你干

那一夜我思虑很久
将父亲和众乡亲的话思前想后
我难下决心久久久久
塘约三千四百人
贫困户有六百多口
他们的日子贫困已久
就像那老腌菜疙瘩没有一点儿油
就像那老铁皮生了厚厚的锈
壮年人几乎都在城里漂泊
老人、妇女和孩子在村里留守
村集体就像抽了梁的屋头
风吹瓦落雨打屋朽

我的决心久久难下

个人与集体

自私与无私

落后与先进

在我内心深处缠斗

塘约要发展

需要新的血液新的领头雁

老一辈识字不多

面对新形势

他们的经验捉襟见肘

村干部年轻人无人愿做

说话无人听，做事无人跟

常常是面面相觑眉头紧皱

带好塘约

是父亲一辈子的追求

怎忍心让他难受

众乡亲多次登门游说

怎忍心拒绝他们的恳求

我决定暂且接下

反正我有技术在手

如果不行

我还可以从头再来

当时，我心里还藏了个可退的"小九九"

那天，我毅然卖掉了那群心爱的牛
走到了破旧的村办门口
那也正巧是世纪的路头
2000 年，整个世界
都在为幸福守候
村主任的身份
让我看向塘约的目光
带着异样的深究
千头万绪
我们该在哪里下手
我要赶紧把塘约搞活致富
再去山坡上做我快活的二牛

我开始沉心学习
他山之石
别处经验
还有党和国家的政策文件
我一遍遍构思塘约的蓝图
怎么也形成不了成熟的方案
我总是在肯定又否定
否定又肯定的圈子里打转

梦里也会在自我辩难

我会在行走时自言自语

摊开手掌与自己指指点点

左右手互搏

我会在吃饭时放下碗筷

莫名其妙展开笑颜

妻子的眸子布满了对我身体的担忧

父亲却笑得成竹在胸老谋深算

越学越深越来越觉得

我面对着巨大的挑战

它与养牛养猪种中药迥然不同

它关系到三千多人的方方面面

我必须深学苦学农村经济政策

我必须加班加点了解塘约家底和矛盾症结

我必须有个靠山有个加持

我需要有个组织为我指引

那个春天

我决定加入中国共产党

在它的大学里深造

要学到本领

将塘约彻底改变

2000 年我光荣入党

党旗下我宣读誓言

2002 年老支书让我接班

嘱托我带领塘约放手大干

我知道任重道远

一定是步履蹒跚

我终于明白了

父亲对我妻作动员的缘由

集体经济几乎为零

我从当村干后，就决定

自己不拿村一分钱工资

我愿当塘约发展的义工

村集体开会待客

常常在我家喝茶吃饭

妻养的鸡很快杀完

便去村里买鸡买蛋

我想因地制宜

加工山上的木材

开采后山的煤炭

激活塘约

召回远方的游子

把塘约重新填满

可我去信用社寻求贷款

村集体无物抵押

业务员左右为难

更有村里百姓为摆酒摆宴

贷下款项上百万

百分之十几的不良记录登记在案

我满脸羞赧很没脸面

翻身的决心

势比剑坚

我的想法千千万万

醒来只能在原地打转

就像陷入泥沼的水牛

纵有扛鼎之力

也无力回天任其沉陷

群众如散沙一盘

堆不起一堵墙面

时间既快又慢

日头一天天升一天天落

我一声声叹息

把栏杆拍遍

一年转眼一年

我的勃勃雄心
也如泥牛慢慢沦陷

塘耀河上
有一条长三十宽一米的河桥
把四寨人的出入串连
孩子们上学放学
排成一条长线
远望如凭空高悬风筝
生产队解散多年
河泥淤集河堤塌陷
几十年来水漫水淹
这年的一场大雨
驱使洪流漫过桥面
浊浪滚滚
三十米便成了天堑
我决意造桥一座
高耸坚固宽阔庄严
解决时难
也为了检验
民心是否依然
百姓是否还能
不计私利

勇往直前

我的提议得到掌声一片

带着报告我就奔赴市县

县里财政困难只拨款六万多元

且不做资金不足的虑后思前

我带人拉回钢筋、黄沙、水泥、石片

乡亲们齐齐上阵不需动员

塘耀河上人来人往热火朝天

所有建材不几日全部用完

只建成桥墩三座

分开河水矗立兀然

乡亲们与我对视

不知所措，千目乱转

还有少数说风凉话，

"二牛出风头，这下玩不了猴！"

我知道这时候我不能退缩

群众在看着我

于是我领着群众进山伐木

锯木成片再紧紧编连

木桥先通南北

天堑先且勾连

民心可依，我的估计得到了检验

就从这座桥起
我要让塘约干群心心相连

为造桥我放得下脸面
寻得民营煤矿的老板们
我如出家人托钵化缘
挨家挨户
一矿一窑
不怕冷遇不怕白眼
一次一个煤老板说
"你喝了这瓶酒我就给一万!"
我身体不好,医嘱禁酒
但我一仰脖,和着泪
一饮而尽
我的"痴傻"让他们感念
捐赠的钱物上千到万

成败在此一举
回村后我动员干群捐物捐钱
木桥撤下,三柱擎天
开工仪式就是乡亲们的笑语哗喧
河水也欢喜得潺潺涟涟
那些天塘约村真是万人空巷

乡亲们都来到沉寂了几十年的塘耀河边

他们和泥

他们扬锨

几百斤的预制板

他们凭着双手和肩膀

一步一步抬起向前

三千多村民见证了这一时刻

我们凭着顽强的意志

将几代人的梦想成功搭建

村民们在桥头立碑写联

上联是"众手绘出千秋业"

下联是"一桥沟通万民心"

他们的欢呼比鞭炮更响

他们的笑脸比蜂蜜更甜

他们唏嘘

他们感叹

他们浮想联翩

他们泪水涟涟

民心可靠

万事可为

我在这片沉寂的土地上

找到了重启的键盘
也切实理解了
依靠群众
才是取胜的关键

虽然已经到了 2014 年
离 2020 全面脱贫的目标不远
虽然塘约所属的平坝县是全国二类贫困县
但十八大的甘霖已经播撒
全国的冲锋号已经响遍
贵州这片步步神话的古老土地
也已感受到底层深处的悸动
已在村村寨寨开始了扶贫攻坚
这片蒙养着神话的土地
这片孕育着文明的土地
这片强壮了共产党的土地
这片民心坚定向党的土地
一定有它神秘的基因
一定有它神奇的编码
一定能给世界、给中国
一个令人惊奇的答卷

谁也没有想到

塘约的深化改革
会以史诗的形式出现
会以史诗的壮烈开篇
洪水来了
巨浪来了

2014 年的 6 月
暴雨猛降贵州
乌江水涨，北盘江咆哮
吓阻了所有最勇敢的渔船
塘耀河受到了鼓噪
协同洗布河一起
以雪白的号子和白涡翻卷
吼叫着我听不懂的预言
我不知道，灭顶之灾
正在逼近风雨飘摇里的塘约山寨
我撑着雨伞
巡查山体、民房和淤积不去的黑云
再次通知村支两委
守护好我们的村庄

极度的疲劳席卷着我
我成了一株植物

站着都能睡着
这天，疲惫再次裹挟着睡意向我侵袭
我梦见了大水漫天
水里漂满成群的鸡猪牛羊
我的耳边响着它们绝望的哀号
我甚至看得见它们恐惧的眼神
我在妻子的大叫声中醒来
二牛！快起来！天漏了
快去我们家木材加工厂，大水
已经把木材板材冲走了

这时大雨岂止是倾盆
大雨岂止是滂沱
是天河崩塌
是天海泄洪
电停了
屋外就是雨的海
是黑的海
是黑色的雨声的海
我一头扎进了海里
人命关天
我没去自家的木材厂
任凭五十多万的财产被冲走

我去了白纸厂寨
此刻，哪里定然已经被洪水席卷

那是个低洼的村寨
想起它
我的眼前一片白茫茫的海
头发顿时立起
汗毛闻风而立
手电筒的光柱刺不破厚厚的雨幕
我看不见巨大无边的雨声远处
正在发生着什么和将要发生什么
大雨淹没了所有的道路
大雨压倒了所有的树木
我只能凭着记忆
深一步浅一步如识途的老马
想在我最害怕的结果出现之前到达

浓得化不开的黑暗里
模糊的呼喊不知是真实
还是出自我的想象
青壮年尽出的塘约
能否穿过这片连天的雨幕
得见明天的朝阳

塘约，空壳村，却是这些游子
魂牵梦萦的地方
我必须替他们守护
整个世界似乎只剩下了雨
剩下了我
我一次次在来历不明的深水里摔倒
一次次爬起
继续奔跑
我的脚在看着它的路
我的心在定位着方向
混沌一片，有如初创
我终于听到了真切的呼喊
听到孩子的哭声
猛烈流泻的雨
抽走了夜的黑
露出清晨铁青的本色
天色微明里
我趟过齐腰深的水
爬上半坡
我看见洪水从后山奔出
破门直入
掳掠着财物肆虐而走
村民们逆向悲催的命运

要去抢夺

他们来之不易的贮藏

他们多年血汗挣来的微薄财产

他们看不见眼前的危险

他们还在想着未来

未来

"别搬了！往山上撤！"

他们的耳朵充斥着雨声

没人听得见我的嘶吼

我多想跪在暴雨中

求它停一会儿，停一会儿吧

让我的乡亲们抢回他们的宝贝

给他们重新开始的基础

但洪水越发猛烈

大雨依然不休

我拦住还要冲进危房的村民们

对着他们怒吼

"我左二牛发誓

你们失去的

我都会加倍还给你们！"

我听见了与我一样的吼声

我看见我的同事们

邻村的村民们
他们站在暴雨之中
他们钻进了危房
他们扶老携幼
强拉人们向山上高处转移

天越来越亮
大水如千百条巨蟒
扭曲着一地苍黄
危房在坍塌
宏大的寂静包裹着无声的忧伤
田地、道路和沟渠
都被篡改成洪荒时的模样
房屋如沉舟，在一片汪洋里沉浮
这片重现亿万年前地貌的土地
今秋只能收获枯败的失望
我脱掉上衣
站在高地之上
任凭雨点如箭
打碎一地苍茫

雨停在两日之后
太阳毫无愧色

照耀着满野浊黄

道路已被冲毁

无法为田园的诗篇分行

无法把塘约细长简单的叙事

发表到市镇的街上

田地连成一片

堆沙积叶，被洪水抛弃的鞋子

定格着满脸惊惶

沟渠段段淤塌

它该怎样把流水的歌声

欢畅地播放

垫起生活的器具

摆满了山岗，它们陈旧的皮肤

吸收着平静的阳光

村民们一趟趟

把阳光搬进住房

我和我的同事们

以瓦刀、铁锹、锤子，修补着

破损的屋顶，颓圮的泥墙

中共安顺市委书记周建琨

踏泥进村的时候

村支两委办公室空空荡荡

村民叫我来时
我双目赤红浑身泥浆
他看了却是满脸微笑，说道
"你这样子，像一匹
凶狠的头狼
我在你、村支两委和村民身上
看到了塘约一飞冲天的希望！"

满目疮痍一片荒凉
他却随口便说冲天希望
我真想转身再去垒墙
他见我脸色不愉
他哈哈大笑
"左文学同志
你只看到眼前一片荒凉
我呀，却看得到
屋舍俨然土地平旷
柳绿花红稻麦满仓！
暴雨大水
塘约无人死亡
村民互助互帮
干部和泥糊墙
我刚才问过村民

想接受怎样的帮扶
他们同声异口
要的非钱非物
不是等不是靠
而是修路
他们的话让我惭愧
让我动情
让我充满力量
这么好的百姓
这么好的村干
塘约怎么不是充满希望!"

他的话如大风扫荡
吹开我心头的阴霾雾瘴
我的头发根根竖起
拖着凳子移到他身旁
"民心可用,民力可恃
公则无私!"
他屈指运筹
"大公之下
引水到田的沟渠何须再修
分田以界的田埂何须再垒
修路何愁无人

办事何愁无力
土地何愁撂荒
农业现代化何愁难成
塘约何愁没有希望
把党员组织起来
把村民组织起来
把集体经济恢复起来
把合作社办起来！"
我的内心激情浩荡
不由得双目放光
只是塘约留守的
多是老人妇女儿童
合作社没有强力依傍
周书记看得出我内心动荡
两句话打消了我不安迷茫
"第一，激发原生动力，帮而不包
第二，一切有党！全国扶贫工程已经开始！"

见我半是明白半是迷惘
他为我举例十分形象
"你身后站着强大的共产党
你一心为民，党会替你保障
给予政策、资金、智慧扶持

党是你坚强的大后方
是你的加油站是你的粮仓
但是决定事物发展不是外界帮忙
而是自己内心有着强烈渴望！"

是呀，这就好比我二牛放牛
激发牛渡河的不是鞭打
不是威吓也不是言辞豪壮
而是河那边绿草青青惠风和畅
他的一席话说得我内心敞亮
眼前有美景浮现
似真实又迷离惝恍
那天我躲起来大哭一场
我看到了一条大路
团结群众
组织群众
带领群众
依靠群众
才能带领塘约奔向小康

关于合作社我做过深入研究
或是本村的大户承包来养鸡种粮
或是外来资本寻租来种果盖房

承包方或雇用村民少量
大多数便如雨珠在荷
滚滚漾漾，最终不知要落入
哪方池塘
塘约村六十岁之上的村民有六百多个
他们不会成为承包方或雇用对象
老无所依
他们便会如树离开了泥土
生机顿失，枯槁焦黄
他们便会如荒漠上的山羊
咩咩叫唤，眼神凄惶
这样的合作社
不是我想要的模样
我要装得下所有的村民
还要所有的游子回乡
他们依然是这片土地的主人
他们作息在祖先的村庄
乐业安居，天伦尽享
鸡飞犬吠，喧闹繁忙

时不我待刻不容缓
那些天我常常登上
塘约最高处的山岗

俯瞰塘约大地
思量它的出路
田毁路塌，渠填河崩
百废待兴，人心惶惶
目前最重要的，不是修桥也非办厂
而是收心，把村民组织起来
抱团发展，靠集体的力量
一定会有百计千方

下山后，我紧急召开了村支两委会议
这个会开了两天两夜
会上我合盘托出自己的构想
以三权分置为纲
明确所有权、承包权，放活经营权
塘约就会如冰冻融化
我们才能撒开改革的大网

集中所有土地统一管理
合作社的规模经营才能开张
劳动力才能解放
分工才能开始
产业结构的调整
才有舒适从容的温床

会议讨论热烈异常

达成共识是，塘约的宿症新疾诸多

要治愈疾症首要一条就要发展集体经济

十一位两委委员在扩大会议上辩论激情飞扬

夜将尽鸡已鸣日现东方

会议结束时成果累累

合作社名叫"金土地"仿佛能闻见果实飘香

成立"土地流转中心"将土地放活

成立"老年协会"以确权定疆

权确后政府颁发证件以便交易

"土地流转中心"吸纳土地按程照章

合作社按规划统筹经营

现代农业的风帆这才迎风鼓荡

人力资源才得以自由解放

各种公司顺势建起

便如那春笋雨后棵棵饱胀

便可以登高远望

呼唤游子们早日回乡

我该感谢谁

十位村支两委委员勇于担当

我该铭记谁

那次会议必将载入塘约的史册

千年流芳

它是塘约的"遵义会议"

它是塘约的"官渡之战"

它让我握紧拳头

它让我热泪盈眶

我提议委员们私人贷款为塘约经济发展注资

十位委员二话没说举手赞成

他们并不富裕

前途生死未卜

他们可能因此

背负一辈子的债务

但他们义无返顾

但他们铁肩道义

他们信任我

压下了整个下半辈子

有了贷来的第一笔款

我们要赚回第一桶金

我们目标坚定斗志昂扬

按计议张罗四方

且不说这边思潮翻滚

村代会筹办也是热闹紧张

十五户选村民代表一个
一千三百户选出八十六名
大会上村支两委把宏图大纲宣讲
会场上顿时如蚕豆落热锅轰然爆响
又像那春雷滚动响彻四乡
"入社自愿，退社自由
每一票都重量千斤
每一票都决定方向！"
八十六名代表投票郑重庄严
都决定让合作社的大船扬帆起航

"七权同确"拉开大幕
每一寸土地都要接受重新丈量
三十年星移斗转人世沧桑
人口变动岂止是嫁娶婚丧
土地三十年未随之变动
如今测定有困难重重
集体地有违约违规占用
公与私有产权权属不清
承包地有面积测量不准
有些地地界模糊四至不明
有些地登记不全产权叠重
头绪多意见杂任务繁重

面积大时间长从夏到冬
时间紧时势迫栉雨沐风
GPS 航拍定位仪器测量
老年协会以土法测量同时进行
跨两年用十月结果测定
颁新证定民心只欠东风

确权赋权是为易权铺垫
一切妥当已是车到山前
"党总支＋合作社＋公司＋农户"是发展模式
"合股联营"是思路终端
"土地入股"是入社前提
"共同富裕"是承诺兑现
"社、村、个人三三四"是分配模式
"多种经营、规模种植"是种植指南
经营、管理、分红全程参与
租金、红金、薪金收入翻番
放活的岂止是流动的地权
更是思想的巨大嬗变
青壮年纷纷回乡把土地流转
看形势决定了重回家园
"中心"里每日人流不断
办理、咨询、招呼，笑语连连

办事员埋头建档细致到每户每片
"中心"已将塘约重新构建
基因重组的村庄已经彻底改变
塘约村从此要覆地翻天

义务劳动，人人争前
周书记供给的筑路建材
很快被我们变现
连通十村的环村公路
将塘约各村寨紧紧相连
它将提供飞翔的滑道
让塘约这架启航的飞机
一飞冲天

田地紧挨着道路
就像绿色的镶边
无农不稳，农业队成立最先
那些戴着草帽挎着篮子的女人们
不需要推敲，随随意意
就走成了意境很美的诗行
菜地是村庄歌谣
禾苗灌浆的时候
莲藕举着绿伞，掩护自己

向池塘里更深处躲藏

脆红李青涩的心思谁都能看懂

由内而外的绯红已把自己出卖

五百亩硬壳核桃与六百亩软籽石榴

关于软硬的争吵

引来了大群爱管闲事的飞鸟

也引得比我父亲还老的老人

望着比天空更新的田畴

久久思考

养殖、建筑、运输、加工

紧随农业社开始启动

硐门寨养猪场已经盖好

化粪池水肥一体随之建成

配套建六百亩有机蔬菜

鲜嫩嫩青菜把学生食堂直供

林下养鸡场已经建成

两万羽生态鸡啸傲山林

五个家庭农场已经正常运转

小箐龙潭山泉水厂也在灌桶装瓶

热闹闹气腾腾虎虎生风

塘约人千百里打道回程

人才济济助推塘约飞腾

驾驶员就有二百多个

运输队筹建弹指之中

骑车、摩托车修理工也有几十个

修理厂运行也只是水到渠成

归来的三百五十多个熟练女工

使妇女创业联合会迅速成立

很快与衣帽厂、鞋厂、玩具厂合作意向达成

回来的八百多个砖、木、漆、电技术工种

简直就是现成的建筑公司模型

"农二代"可以安心回转

二三产业正在建设落成

塘约足够大可以装得下所有村民

一切围绕幸福开展

一切对应民瘼发生

塘约建筑公司

塘约运输公司

塘约加工公司

塘约水务公司

四大公司巍然屹立

土地储备体系

金融信用体系

风险防控体系

市场经营体系

四大体系牢固支撑

党总支将一切坚强领导

合作社将一切把握

为达到权力不腐党性永清

为护卫塘约发展永远前进

"支部管理全村、村民监督党员"

"驾照式"扣分管理

纳入党员考核之中

战斗力和执行力由此永葆

村干部和村民干事警惕长存

不敢或忘，不敢懈怠

永远保持创业致富热情

关于党建我体会很深

党建是一个政党的自我完善

党建是一个政党的自我涤清

党建是一个政党的时刻清醒

党建是一个政党的动力原生

毛主席要将支部建立在连上

我也将支部细细划分

十一个党小组建立到十一个村民组上

领导群众也接受群众考评

群众找到了组织依靠
组织也因此广获民心
互相激发原生动力
各项工作得以平稳进行
每周都有"三会一课"
跟得上党的文件随时更新
只有一样是每周必学
那便是《中国共产党章程》
不忘初心牢记使命
才能永葆活力和先进性
才能正确把塘约引领
党建正如工程枢纽
牢牢掌控着六大中心
土地流转中心
股份合作中心
金融服务中心
营销信息中心
综合培训中心
权益保障中心
"1+6"的发展模式
成为塘约永动的引擎

越发展越觉得

一个村庄的美好

不是富豪有多少

而是贫困的无限减少

还有精神的逐渐丰饶

新事物要敢于接受

"综合学习中心"为此搭桥

村风要正，民风民俗要善于引导

对陋俗恶习要敢于开刀

为扶正去陋我贴出塘约"红九条"

一、不参加公共事业建设者

二、不交卫生管理费者

三、乱办酒席铺张浪费者

四、贷款不守信用者

五、房屋乱搭乱建、不按规划者

六、配合组委会工作不积极者

七、不执行村"两委"重大决策者

八、不孝敬父母、不赡养父母者

九、不管教未成年子女者

触犯者惩罚难逃

仅第三条每年就能节约二百四十多万

仅第四条就能维护诚信信条

"禁止"外也有树新风的表彰

"积德榜"美名远扬

"好婆婆"受人敬仰
"好媳妇"被人赞赏
村新风让人舒畅
新画卷缓缓舒张

塘约已成全国文明小康村镇
几乎每天都有人来取经观光
这里群山环绕绿水流芳
这里阡陌纵横瓜果飘香
这里有林荫小道健康步道
这里有农民书屋文化广场
这里花红柳绿
这里鸟鸣欢畅
这里生机盎然
这里令人向往
有人说这里像真实的桃花源
有人说这里是真实的乌托邦
这是对塘约人奋斗的最好褒奖
也给予了我们警醒不敢或忘
"绿水青山就是金山银山"
发展经济一定不敢牺牲家乡
塘约发展广有天地
"四在农家·美丽乡村"农旅结合

可以走出一条大道宽广
生态农业、特色产业还可以用来观光
农村改革、美丽乡村配套以便乡村旅游
乡村变景区、民房变民宿、农事变体验
塘约要变成市民向往村民留恋的地方

塘约之路基本就是这样
塘约模式可以推广
要抓住农村改革的"牛鼻子"
要锻造一个好班子
要找准一条好路子
要制定村民自治的好法子
要抓党建，激活党员的内生动力
党组织要发动群众，激活群众的内生动力
什么力量大
群众力量大
什么资源好
群众资源好
引导群众热爱群众依靠群众
群众给予的回报
是在贫瘠的土地上
搭建起一座人间天堂
我深信不疑

就像深信自己的心跳和呼吸
就像深信自己的姓氏和血脉

好吧，这时我们再来看那几柱"朝天印"异石
它多像一个个举着火炬的手臂
我们擎着它烧毁贫穷
我们擎着它挑战命运
我们擎着它照亮前程
我们擎着它致敬人民
我们擎着它欢呼得胜
我们举起来了
我们共产党人举起来了

第三乐章　村干部说

一、彭远科说

（彭远科：塘约村党支部副书记、村主任）

我爱塘约

我是塘约的村民

我说塘约却先要从慈溪开始

是的，浙江省慈溪市

我在那里打工八年

就像一棵被种在盆里的树

蜷缩的根系，抻不直每一个梦

我寄回去的钱盖了楼

我的父母和妻子

在楼上想象异乡的月亮

两个孩子的少年

我没有参与教育和管理
被他们随意涂抹
抽象得看不到未来
"外头捡到梁上草，
家里丢了老母鸡"
这是塘约的俗语
我还是喜欢这样的表达
我的骨子里依然是野风呼啸

2013 年我回村当选了村主任
我想擦拭塘约每一个留守母亲的泪水
擦拭每一个留守孩子不能直视的涂鸦
我和那个牛劲十足的二牛书记
常常在夜里蹲在村口，讨论
在外乡看到的月亮
与这里是否一样
村子空得听得见回响
我们讨论过太多的方案
土地撂荒，人心涣散得就像一地流沙
我们曾经孩子气地想象
某个仙人拂尘一扫
塘约就大道通天
塘约的煤、塘约的木材

塘约田地里的嫩绿金黄
就能运到很远的地方
塘约的游子听到了呼唤
纷纷赶着回乡
就像春汛里溯溪而上的鱼群

水的确是来了
2014 年 6 月的那场洪水
已经被一遍遍复述
它对塘约来说
就像楚霸王的斧子
劈碎了回头的木船

二牛提出建"合作社"的意见
就像迎春花代替春天开腔
我打心底敬佩二牛
他虽然只大我五岁
在我心里他是我的老师
我的引导者
我一切都以他为榜样
他当村干不领一分钱工资
我跟着他学已有六年
他看什么书我就看什么书

村民说我俩是"政治夫妻"
是的，我们在一起的时间比和妻子更长
二牛说我们是战友、同志、兄弟

是的，我心里把他当成政委
我自己想当一个李云龙式的悍将
为了治赌我用榔头砸过赌摊
掀翻过麻将桌大骂过赌徒
他们恨我偷偷砸碎我父亲的墓碑
母亲含泪说，你别干得罪人的差了
我干的是正道事
为拆迁我带头从自家和亲戚家开始
认领过"六亲不认"的骂名
但我觉得和二牛还差得很远
他为了工作睡办公室吃方便面
这些年来只是生病和女儿出嫁才请假几天
他有肾结石不能负重
但建桥铺路扛水泥抬石头总是冲锋在前
他不让我告诉别人他的病痛
"这是纪律！"
他严肃地告诉我
他把自己全交给了塘约

跟着他后面干

我就像变成永动机

我的心里灯火通明

睡眠躲在很远的地方

事情太多

七权同确，土地流转，合作社成立

村民回乡，塘约的水满了

就可以分渠，有的灌溉

有的发电，有的转来转去

转成小桥流水的风景

这是我的比方，我说过

我喜欢农谚一样的表达

水活了，唱得欢快响亮

各种专业队就像一条条路

有的上山，有的下河

有的绕着田转

各走各的，都能找到收获

土地合股之后

最开心的是荒山

一棵棵果树

不仅仅打扮了春天秋天

也不仅仅带来了鸟群合唱队

它们扎根的时候
总挠到它发酸发胀的神经
它总会忍不住
笑得满树花颤
惊飞了满树花一样的飞鸟
香菜、食用菌
韭黄、菜瓜等是新生一代
它们就像编好的程序
有条不紊地按时生长
并在成熟的时候
被温柔的双手采摘
它们不再需要被一斤一两的挑剔
等待的大车就停在塘约宽阔的路上
几十分钟后
它们就会在城镇的批发市场里
接受满意的目光

现代农业
不仅仅是规模化种植这样简单
就像种下一棵树
不仅仅是做木材一样
还有浓荫、鸟鸣，能遮风挡雨
还有许多故事随之发生

现代农业守住了村庄和天伦
守住了血液里
几万年的乡愁
守住了土地
大风刮不走红线里的十八亿亩
那是整个国家的粮仓
还守住了城市之外的
另一种画和诗歌的生活模型
传递信息的鸟儿
就会衔着它们
传到更远的地方

塘约的图画
轮廓是十八大描绘的
线条是村支两委勾勒的
上色和细部
是所有村民做的
我们还在调整
"八村加塘约"
我们还需重彩描绘
如果我还能干二十年
如果风愿意替我翻日历
它还要翻七千三百次

每一次我都希望内容丰满
经得起检验

我是一个共产党员
骨子里打着农民的印记
党性让我为人民服务
祖先告诉我要踏实做人
我相信春华秋实
感恩土地一年年对因果律的证明
我相信民心与土地一样
不会辜负真实的汗水
塘约的文章
二牛书记带我们写了很好的开头
他说还要把每一个细节写好
"不要上面穿西装,下面穿拖鞋"
我说过我喜欢这样农谚方式的表达
我相信
它与党的实事求是精神相通的
我相信我们会有更盛大的秋天
更美好的春天

二、丁振桐说

（丁振桐：塘约村委副主任）

我是村委副主任，负责组建合作社各专业队
我是塘约"金土地"合作社的法人代表
我这样介绍自己，并非夸耀"官职"，而是
为了说明"塘约道路"的操作关键
要想做到可持续性，要想村庄永久美好
流水一样常新，现代农业和二三产业
缺一不可

我简单谈谈自己，我 1984 年生，现在三十六岁
中专毕业后，到江苏打工五年
与父辈们不一样，我们对村庄
有感情，但会做农活的不多
我们就像天上的鹞鹰，盘旋着
又犹疑，不敢落下
我们见识过城市的繁华和先进，虽然
城市与我们有隔膜，但破败的村庄
停泊不了我们的梦想
如果村庄没有改变，我们的生活

不会比父辈们更强

我之所以回来
是因为合作社的蓝图给了我希望，也因为
左书记的理想将我感动
就像远科主任说的那样
跟左文学一起干，不是为了
每月一千八百元工资，而是
想在党支部的领导下，真正把大家
从贫困中带出来
过上幸福的生活
左书记的构想，让塘约陡然开阔，仿佛
屋舍被挪动了，田地被整合了，人员被划分了
就连时间也被切割、拼盘了
我看到了巨大的模拟沙盘
农业坐庄，二三产业跟上，各种专业队做大做强
组建新农业新村庄

全部村民入社是我们的理想
运作出一个让城市羡慕
让村民骄傲的"丰满"乡村
需要田园诗一样的农业农庄
需要城市一样便捷的服务业

需要可以安置各种人才，能够
接轨城市、接轨现代化、增收创收的产业
塘约九百二十一户，三千三百多人，劳动力一千四百人
四千八百八十一亩耕地面积，现代农业模式下
剩余出来的一千二百多劳动力
他们必须有二三产业吸纳
努力实现
"实心化"村庄
"现代化"村庄
"稳定化"村庄
以农为本，农是一株大树
运输公司
建筑公司
劳务输出公司
水务管理工程公司
妇女联合创业中心
是它粗壮的枝干
是它茂密的叶子
是枝叶上的繁花
是繁花过后的果实

农业社社长由罗光辉担当
2015年，四十四岁的罗光辉身强力壮

听闻合作社的消息后
夫妻俩从华西村返乡
他运用工厂标准化生产来管理农产
他运用机耕提高效率
他重视精耕细作不厌其烦
他重视学习互传经验
土地没有辜负他的汗水
亩产四吨的辣椒产量
让塘约惊喜一片
合作社没有辜负他的辛劳
五万元的年薪
两倍于夫妻俩打工收入一年
他说他骨子里就是农民
他相信春华秋实的必然
他说在异乡每天都把老母思念
他说合作社让他心安
他说余生都要为塘约奉献
农业社有他带领
七年来都是丰收连连

建筑公司由彭德明担当
2015 年他六十五岁
但被选中却是必然

他当过大队出纳和保管员

当过村委会副主任

做事稳妥而又果敢

为人大度而又威严

建筑公司下设十二个队

近三百人，每个人的技能他都了然于胸

他犹如元帅点将大将用兵

瓦匠石匠泥水匠水工电工

室外涂抹室内刷墙

水泥工粉刷工小工

各尽其职各显其能

他承接业务讲究信用

他完成业务质量先行

建筑公司在他麾下

水起风生

运输公司由刘尧光担当

他十来岁就跟他的司机父亲南北奔忙

他为人和气爱笑

他做事灵活妥当

路线、价格、规则和诀窍

零件、修理和简单拼装

运输中的诸事他样样在行

回乡村民中
驾驶员有四十多个
"金土地"担保贷款购车回乡
四五十辆的车队浩浩荡荡
滚滚的财源流回村庄

其他机构我就不再细讲
一切都为塘约兴旺
各队各公司都各有规章
各队长各组长都有制度惩奖
"村社一体、合股联营"
全民入社，不留一户贫穷
"金土地"是塘约的金土地
愿我们的金土地永远肥沃
愿我们的金土地瓜果飘香

三、曹友明说

（曹友明：塘约村老年协会会长）

我在塘约村支两委中年龄最高
我七十四岁
1969 年的回乡知青
1975 年的大队会计
1980 年在林场当中学教师
2015 年退休后二牛又把我返聘到村里
又为我的生命履历
加了许多名称
村副主任，老协会会长
土地流转中心主任
每一个名称都有故事
事关塘约的发展振兴
老年人喜欢讲古
"去脉"我不说您也知道
我还是先把我的"来龙"说清

我的故事得从左文学的父亲说起
年轻时他是硐门寨的林场场长

1965 年又任了村支书
做场长时他带领村民种树
做支书时他带领村民办校
学校办在一座空庙里
桌椅板凳他自己斧凿锤敲的
那里的孩子才得以读了村小
耕读传家的传统才得以萌发了新苗
他有能力有魄力事业心强
成天为集体忙得不可开交
家里的事他却做得浮皮潦草

但他父亲的理想受制于他那个时代
他的拼劲被左文学继承了下来
我以七十高龄仍愿为村工作
这正是老一代的党员品质
在新一代人身上保存完好
左文学他们廉洁，不拿村里一根稻草
左文学他们敬业，一心为全村致富思考
左文学他们公道，一碗水端平从不偏倒
二牛勇猛精进敢为人先
远科踏实稳健做事老到
我虽非德劭却也年高
也受他们影响不甘服老

难办的事儿我出马也能见效

老协会成立是二牛和远科的妙招

无论是合作社的宣传

还是确权时的疏导

拆迁时登门入室对村民千番说教

老协会会员们不辞辛苦不计酬劳

历时十月将事情办妥办牢

赋权因此顺利进行

易权因此水到渠成

合作社的旗帜

才因此得以迎风招展

我最敬佩他们的是

村支两委十人以私人的名义贷款

为集体先担风险

把贷来的一百一十万元投入集体发展

这才有了合作社的艰难开端

当然我们不能忘了挂职"第一书记"谭美蓉

她带领左文学等村支两委

到县发改委、财政、交通、水利、农业等部门

跑项目、跑资金,争取多方支持,她邀请

农业局技术人员到村里开展培训,她带领

村支两委去外地取经,她为我们争取到了

很多的项目和支持，她说
她被塘约的村民村干感动，她说
不是老天厚爱塘约
是塘约人的无私和勇敢
能断水开山

左文学将成立合作社的原则、好处
措施、未来和必然
一一写出
我一份份送到各家门前
天下之事必做于细
这是我
一个老教师、老会计、老村主任
老共产党员
做事的原则
我要为开路先锋们
做好辅助，将他们劈开的碎石
摊开、铺平、压实
打造出路的雏形

在塘约，我比大多数人
都更熟悉村史，我熟知
她的辉煌，熟悉她的苦难，也比谁都清楚

村民们的渴望

和我一般年龄的老人，他们

也有过打工的心酸，中年人

天伦尽丧，老不能养，小不能管

妻不能伴，孤悬异乡，就像

天上孤单的月亮，年轻人

对故乡有思念，对农事

隔膜得就像鸡对鸭讲

我对这些一直有深深的担忧

我害怕塘约就像打碎的鸡蛋

散开后，再也不能凝聚，再也不能

孕育新的生命，幸而有党的新政，幸而

塘约抓住了改革的大好时机

村还是我们村，人还是这些人

分散了，谁也看不出

一个村有多大力量，集中起来

真的能愚公移山，让我们看到了希望

合作社像一个强有力的抓手

完成了结构上、组织上、物质上的

凝结，提供了

汇集"现代农民"的广场

但我深知，一个村庄若想浴火重生，需要

精神上的涅槃，需要革除，需要

更深层次的改革，"红九条"和"黑名单"

是塘约的创造，是移风易俗的手术刀

如果说合作社是山，村风民俗就是

山上的树，山上的草，山上的清泉流水和鸟叫

老有所养，幼有所教，贫有所帮

夫妇和谐，邻里和睦

这样的村庄

才能像塘耀河的水

永远清澈，永远流淌

塘约就像个大花园

她已完成了华丽的嬗变

但是我们只是完成了开始，时代的步伐

一直向前

我们要做的还有很多很多

我们要走的路还有很长很远

四、唐从富说

(唐从富：塘约村"金土地"合作社技术总监)

有一次我听见

有人背后这样说我

"你看，就是他，花白胡子

寸头，穿皮夹克的那位

一年十几万的老板不做

去做技术工了

可不真是脑子坏了！"

这样的不解

我听过很多

在此之前，劝我不要犯傻的

有我的同行我的朋友我的客户

可我还是在 2016 年

这个决定塘约成败的重要年头

以十四万元的低价

将一百五十亩土地的使用权

和土地上价值四五十万的大棚

流转给了村合作社

从此我便成了一个
拿着二千四百元工资的技术工
塘约"金土地"合作社技术总监
负责人员管理、技术培训指导、市场开发和生产安排
我传授种植蔬菜经验
我提出研究市场满足市场的理念
我提出套种、林下养鸡模式
我把十多年个人奋斗、摸索、学习获得的
最宝贵的经验、人脉和渠道
和盘托出
合作社规模越来越大
销售额从 2016 年的八十万元
增长到 2019 年的五百余万元

很多人不解、惋惜或嘲讽
但他们不会知道
我不后悔,并且
一直享受着做"技工"的快乐
每个最简单的选择背后
一定都有深刻的原因
也许我的故事会带给你
关于塘约道路或人生价值的思考

那么，我的讲述也就有了意义

我是退伍军人

1984 年入伍，1987 年退伍后去了广东

打工，开蛋糕店，1988 年两手空空地回乡

做小工，种烟叶，几年蹉跎，也走过弯路

那时村里没有多少人能看得起我

2005 年，迫于生计，我开始跑摩的

冷得不行时，趴在发动机上取暖

发动机很快也冷了，比我还冷

暖心的一口劣质香烟都要靠赊

就在我又一次从小店赊烟出来时

二牛找到我说："从富呀，你包田吧。"

包田，租金在哪里

我举着手里烟

10 元一包的烟我都是赊账的

我用什么包田？

左二牛握着我的手

"我们去贷款！"

"我给你担保！"

我半信半疑，载着他去了平坝

他替我向银行借了三万贷款

他签下自己的名字说

"他要是还不起，我还！"
他一句话让我的泪河溃坝
从此我铁了心跟着二牛干
后来我才知道他不仅为我
还为全村其他八个村民
担保贷款

第一年我赔了
第二年同样赔了
第三年还是赔了

一年赔三万，三年就赔了十二万
是二牛帮我借钱垫上，并给我信心
二牛还说，"你是不是哪里弄错了"
种菜他是外行，但理他说对了
大年三十我想了一晚上
得出三条
科学种植、判明市场、企业化规范管理
这三条堪比后来二牛的"红九条"
我因此而崛起
围绕市场来种植围绕科技来种菜
蔬菜远销两广、成渝、山东、湖北和贵阳
"金土地"也因此没走弯路
没吃苦果，一路顺畅

我之所以做出这个决定

一是报答二牛的恩德

二是塘约到了关键时候，而我属于塘约

三是当挣钱变成纯粹的数字后

我感到了乏味和空虚

连我的妻子都让我为"村里干事去"

我忽然理解了

二牛当年放弃了他的牛和木材加工厂

我为什么不能放弃自己那点所得

人还是要有一点精神的

目前我一年在村里当差的收入

不够我每天开车工作的油钱和烟钱

一次我和二牛说："给报销点油钱！"

二牛笑着说："多少钱，我给你！"

说着从自己口袋里掏钞票

闹得我一个大红脸

后来我知道

他从没在村里报过一分钱的油费

是呀！我放弃了一些可见物质

得到的是更多无形的

来自村民们由衷的尊敬、热爱甚至崇拜

这是金钱换不来的
由心底发出的自豪、成就感
更是金钱换不来的

我生在塘约
塘约养育了我
今天我有能力回报
这片土地上的乡邻
今天我能住在
这个花园一样的村庄里
都是我的幸运
我庆幸生活在
这个和平安定充满生机的好时代
我的余生是"金土地"的
我是"金土地"上的庄稼
没有理由不尽力生长

五、孟性学说

（孟性学：塘约村"红白理事会"会长）

那一句人人想说

又不愿说出来的话

那一种想断又断不了的俗

那一个想推又不敢推的情

我都替他们说了、断了、推了

您应该可以看得出

我是一个做减法的人

但是，谁说做减法就不是做加法呢

左二牛书记曾经神情严肃地跟我们说

塘约九百户人家

酒席一年两百台

婚庆人到满

人死饭甑开

无论婚庆和丧葬

整个寨子礼都来

三五百人吃五至九天

东家花掉七八万

吃客花掉两三百

再巧立名目

把失去的补回来

左书记算过账

一年下来，仅花在酒席上

塘约要吃掉两千多万元

这样大的开销

竟发生在国家二级贫困村——塘约

发生在有一百三十八户六百四十五个贫困人口的村庄

发生在 21 世纪

连市委书记周建琨也很惊讶不解

"一个贫困村，一年自身损失近两千多万

要是拿这笔钱来用于发展

该多好呀！这个陋习一定要改！"

塘约整体整治陋习

从合作社建立后开始进行

生老病死

吊唁庆贺

人之常情不可夺

"红白理事会"因此成立

我被左文学书记推举为会长，负责带领

三十二名酒席服务队员

遵循制度和规格

专职打理婚酒、丧酒

其余酒席一律取缔

违规的拉黑

自有规章惩处

绝无说情可能

全村酒席总量锐减七成

一年节约一千多万元

规矩好做，执行却难

虽然都深受其害

变法却不能理解

吵闹痛骂

顶风作案

徘徊观望

故意试探

各种怪招迭现

左二牛带头垂范

女儿出嫁完全照章办事

全村这才心服口服

进行落实

"红九条"与"黑名单"

办酒申报制度

酒席规格

殡葬改革

都不必细说

红白喜事管理这项重大改革

犹如春雷惊蛰

犹如当头棒喝

唤醒了沉溺、麻木

掀开了那层害人害己的遮羞布

淳朴、清新的村风回归

才能守得住富裕

才能拥抱住丰饶

才能留得住幸福

第四乐章　受益者说

一、杨成英说

（杨成英：塘约村村民）

塘约这几年的变化

比我记事以来几十年的变化还大

快到让我觉得不真实，如梦一样

我很幸运，能在有生之年

能够睁开眼就可以看到

画里有村庄

梦里有现实

有好多想都不敢想的事发生了

有好多想说不敢说的话实现了

合作社的事我说不好

红九条的好我会说

它就像菜里的盐
就那么一小勺
味道就好了

我是个老党员
丈夫去世多年了
儿子智障，儿媳妇聋哑
我说这些不是哭苦卖穷
村支部对我照顾得很好
我是想通过我这样家底的家庭
来说说塘约吃喝风和随礼俗
到了怎样疯狂的程度

我每年至少要吃一百二十场酒
您没看错，我没多写一个零
平均三天一场
您或许要问
哪来这么多婚丧嫁娶
塘约的酒宴是想出来的
孩子出生要办酒
老人去世要办酒
年轻人订婚要办酒
结婚要办酒

中年人复婚要办酒

结婚纪念要办酒

盖房子要办酒

开工放线要办酒

盖到一层要办酒

盖到三层要办酒

封顶要办酒

满月酒

周岁酒

剃胎毛酒

生日酒

升学酒

上寿酒

出殡酒

迁坟酒

这些不算稀奇，还有

母猪下崽酒

赌博输了

办落难消灾酒

吃酒要随礼

少则一百，多则上千

办酒要资金

少则两万，多则七万

卖猪卖鸡卖牛贷款随礼

攒钱借钱凑钱贷款办酒

本村的，邻村的；本镇的，邻镇的

喧喧嚷嚷上百桌

热热闹闹斗牌九

鸡鸭鱼鳖肉，香烟饮料酒

逢着年和节，一家几处走，分头去吃酒

有人家里忙，专设"吃酒人"

不是正吃酒，就是在去吃酒的路上

家家设名目，吃完再被吃

外人看

好一派火热的丰收景

却不知家家夜里都发愁

"这种歪风

何时是个休？"

我每年吃酒两万多

还了贷款

两手空空又一年

如今有了红九条

加上黑名单

恶俗陋习

就像大风卷起枯叶草

歪风败给了改革风

春风带来了好村风

何况加上"金土地"

大家有活干

有钱赚

有奔头

我的好日子

这才刚开头

真心感谢党

感谢村支两委

感谢金点子书记左文学

二、周贵友说

（周贵友：塘约村村民）

大水结束

左书记第二次来我家的时候

我很想躲出去

我也看得出来
无论是灾前还是灾后
联合起来
塘约也许还有出路
但我还是要躲出去
我输不起

有能力的挣了钱
土地撂了荒
没能力的困在土地上
土地只能够维持着温饱
我兄妹七人
父亲的承包地分给我的
只有半亩旱田和半亩水田
一家四口的吃喝
再加上无休无止的随礼
日子过得清汤寡水没有盼头
但好歹还能活着
现在要把最后的土地入社
我没有勇气

这次他送来一张调查表
表格分三块

"你最关心的事、你最担心的事、你最恶心的事"

我最关心的是有没有救灾款

我最担心的是田坏了渠坏了路坏了怎么办

我最恶心的是铺张浪费办酒席

后来我才知道

这张表格引起的轰动大过洪水

村委会拿出了最大的诚意

把最尖锐的答案张贴

这些民情表上

错字比我的那张还多

意见集中在

党员干部作风

党员干部不作为

铺张浪费

不孝顺父母

村支两委开出了三条药方

"加强基层党建与完善乡村治理

发展村集体经济

纯化乡风民风"

并立刻行动起来

这样的诚意打动了我

也打动了很多村民

我答应了入社
成了最先"吃螃蟹"五十户中的一员
确权之后，我领到了土地"身份证"
我的土地被折算成 1.2 股
村集体将确权多出来的土地
送给我 15 股
生平第一次成了"股东"
年底参与分红
集中起来的土地
开始散发出勃勃生机
环村路、机耕路很快修好
水渠、桥梁很快修缮
每一块地都那么金贵
或是种蔬菜或是种水果
或是栽苗木或是种莲藕
每天去上班
还有八十元的报酬
年底，做梦一样
我家有了盈余

2016 年初
全村九百二十一户全部入股
合作社成立了生产团队

更大规模的种植开始
经济蔬菜、精品水果
收获的效益
让种了一辈子地的老人
惊掉了下巴
高产的农作物
让人怀疑"浮夸风"重现
我知道这是真的
每一个辣椒都是真的
每一个石榴都是真的
它们都是我们亲手种的
亲手养的亲手摘的亲手称的
销售团队拿着订单
笑着催我们上货的时候
许多社员和我一样
脸上的表情是惊疑交半

后来,合作社又组建了
运输公司
建筑公司
妇女创业联合会
很多打工的村民都回来了
所有人都有活干了

歪风邪风也停了
村子红红火火了
工资加分红
我的日子一下子好起来了
每次梦醒时分
我总要掐掐自己自问自答
这是真的吗
这是真的

三、杨进武说

（杨进武：塘约村村民）

我是个老党员，八十九岁了
这几年来，塘约越变越好
好得让一个耄耋老者
还想再活几年
干不了什么活了，我就看看
这么好的塘约
看看也是美滋滋的啊

这些年的变化

书上写了

报纸上写了

新闻上播了

还上焦点访谈了

对于塘约经验和得失成败

理论家、社科学专家

大学生、各级官员和老百姓

也都做了探讨

各有各的道理

我为塘约骄傲

为塘约能给土地流转提供经验骄傲

为塘约经验能帮贫困农民脱贫骄傲

作为塘约的一员

作为一名老党员

我也有自己的总结

那就是做到细处的党建

2014 年 6 月，那份咨询民情的表格

发放之前，塘约的党建

是松弛的，村支两委

包括二牛书记，都打不起精神

说话没人听，做事没人跟

人心涣散
他们着急，却找不到办法
他们想发动群众
却不知道，发动靠喇叭不行
首先要发动自己
就像火车头开动了
才能带动车身跑

咨询表让他们找到了原因
他们要先把车头修好
"三会一课"开始落实了
"两学一做"也认真学习
"六个必须"
"八个初心"
一群大人像小学生一样
坐得笔直学得认真

学得好还要看效果
《党员积分册》就是他们的成绩单
他们的试卷就是塘约的大事小情
打分的"老师"是村民组委会
每月满分十分，一年一百二十分
得分必须填事由

或是调节邻里矛盾

或是说公道话办公道事

或是为村民排忧解难

年底总分少于六十分

视为不合格党员，连续三次

上报镇党委

要求开除党籍

"党总支管全村，村民监督党员"

这是塘约的定海神针

村委会自身监督、监委会监督和村民小组监督

三个"摄像头"一同对着党总支

保障了党总支的纯洁性和执行力

红九条是党总支治村纲领

却又是村委会通过的

村委会、村代会、村监会、村规民约

一起保障着村民自治，自治的村民

才有监督的自由

权力被约束、党员相互监督，才能

永久地保持纯洁性和先进性

才能做好"车头"零部件

不管多大年纪，只要还活着

我就是党员
就要和年轻的党员一样，接受
"驾照式"扣分监督
参加学习、劳动
只是他们对我太过纵容
我记得 2016 年 4 月
我得了一个满分
得分原因写的是
"老人八十五岁了
还参加义务修公路
干到半夜两点钟还不回家。"
这件事说来惭愧
但我还是愿意一次次说起
不是自我表彰，而是
这件事感动的是我自己
我相信它也能感动很多人

塘约、平坝与乐平
原有的公路是一个三角形
从塘约到乐平需要经过平坝
绕行五十分钟
二牛书记想把三角形封住
直接把塘约和乐平接通

这条道修好只有五公里

驾车只需十分钟，镇村联动

节省的不仅仅是时间

缩短的不仅仅是距离

周书记批复的三天后，住房建设局牵头

与财政局、交通局共同派员来到现场调研

几天后

3 月 12 日

水泥、柏油、石子等材料运抵塘约

何须动员

怎敢谈钱

那是我们的幸福

那是我们自己的路

那是我们子孙的未来

塘约人倾巢而出

义务劳动，自愿参加

建筑队一马当先

运输队紧随其后

男人们责无旁贷

妇女们不甘落后

老年人也荷锹扛锄

孩子们放学加入其中

农业队放工后也来帮忙

工地上人山人海

道路上热火朝天

呼喝的，那是材料不够

呐喊的，那是快去人手

呵斥的，那是要你靠边

大叫的，那是提醒注意安全

欢声笑语，机器隆隆

肩挑手抱，锹挖镐扬

不包伙食，自带干粮

时不我待，午夜正忙

这就是发动起来后

我们党的力量

我们人民的光芒

有多少年

不曾见过这样的场面

有多少年

不曾听过这样的号子

有多少年

不曾感受到这样的热情

路过的无不瞩目

看到的无不感叹

感叹的无不热泪盈眶

我能不到现场挥锹搬石吗

左书记在那里不日不夜

一干就十多天

我能不到现场和泥挖土吗

左书记他们在那里累得又黑又瘦

不说塘约几乎已成空巷

乐平镇马松书记

大屯区朱玉昌主任

也一直全程陪同

负责调动镇里的水电资源

风里雨里，白天夜里

一样的自带干粮

一个塘约的老党员，我，又怎能不来

别人挑一担我挖一锹

别人铺十平米我铺一平米

我多么有幸

在人生的后半场

还有机会与乡亲们一同

经历塘约史上的大事

我多么幸运

能在有生之年

亲眼目睹

敢教日月换新天的

大时代

大场面

大天地

夜来时

灯亮了

不是火把

没有拉灯

而是车灯

摩托车灯

汽车灯

还有采煤灯、手电筒

烧的是自己的油

用的是自己的电

灯灯耀眼

灯灯通明

灯灯刺破黑夜

灯灯照亮人心

亮如白昼

亮成灯海

亮成银河

夜深了

蠓虫飞舞，青蛙鼓噪
人的喊声小了弱了
他们累了
灯光怜惜他们
拉长他们的影子
提醒该歇息了

"十二点半了大爷爷
你快回去吧！"
人们都这样劝我
我不回
我还能有多少岁月
我还能看几次这样的场景
二牛来了，赤红着双眼
"我不回！"我说
"再不看，我就没机会看了
再不干，我就没机会干了！"
二牛愣住了，二牛流泪了
"那您拿个灯站这里给我们照个亮就行了！"
我是累了
我老了
我就站在那里
我是一块碑

记录着几个时代
记录着屈辱与解放
记录着土改与开放
刻录着贫穷与富裕
刻录着塘约的新时代
刻录着一个政党
严于律己接受监督
依靠人民发动群众
会有多么惊天动地的力量
会释放出改天换地的能量

4月9日，只用了二十八天
没有大型机械
没有专业筑路工人
一条宽八米、长约四公里的大道
直通乐平，开车五分钟
再行七分钟便可上高速
可直通安顺
直达贵阳
这是真的吗
这是真的
不需要拍照留念
我铭记在心头

我见证了一个伟大时代里

一个山寨里的特大事件

我见证了

哪怕是一个乡村的党组织

组织起来，学习起来，发动起来

会有怎样的力量

我对生我也将埋我的这片土地

充满了感恩

我对监督我教育我的中国共产党

充满了信心

我对我们塘约的未来

充满了希望

四、王学英说

（王学英：塘约村村民）

我不是一个悲情的人

我的悲早就让我和着泪吞咽完了

对悲情的故事向来不很喜欢

我怀疑说出悲情的意义和企图

唏嘘和同情除了安慰之外
除了放大悲伤之外
并不能有助于解脱
但今天我却要说一个悲情的故事
故事的主人公正是我自己
我希望收获的不是同情和安慰
而是所有听闻者的思考

所有幸福的女人几乎都是一样
所有不幸的女人
却各有各的悲哀
今年我四十六岁
十一年前丈夫去世，留下了四个
最大十岁最小两岁的孩子，和
治病欠下的六万多外债
这样一个家庭
就像风中蜡烛
我一双手，哪里捂得住
暖和光明

我是外村嫁来的媳妇
我和孩子都没有土地
和周贵友家一样

这一亩五分地
是丈夫的父亲分给我们的
这点地养活不了五口人
很多人都劝我改嫁
四个嗷嗷待哺的孩子
就像四只张开嫩黄嘴巴的麻雀
撂下他们一走了之
岂配做"人"
岂配为"母"
招赘一个男人进屋
是个办法
但谁愿意跳进这个火坑
我王学英只要活着
就要把孩子养大成人

塘约的妇女
会干男人活的很多
无论是春耕还是秋获
我带着大女儿二女儿
也能艰难完成
耕地成了我的副业
母亲成了我的副业
我是建筑工地上的"男人"

我是下井的矿工
我去背煤，一筐煤一百斤
我的体重才八十斤
一筐煤一趟能挣八毛钱
我一天得背上四千多斤
肩膀破了流血
血干了结痂继而结茧
到现在还硬茧在肩
就是这样的零工也是难求
那时我最怕的是，第二天
我找不到地方
出卖我残存的体力

我打完小工回来
就要赶到田头忙耕忙管忙收
我只在回到家时
抱抱最小的孩子
大女儿二女儿
照顾着她们的弟妹
并会在傍晚点起炊烟
我家的屋头在这时
才和所有的人家一样
升腾着让我流泪的希望

屋子又破又小只有不到二十平方米

五个人挤在两张小床上

我害怕大风和大雨

怕小屋被风吹塌怕被水冲跑

守着漫漫长夜我多次萌生了死的念头

死，这个字一出现时

我就回望那四个孩子

我只能咬着牙一步步向前走

虽然很累很苦很孤单

但孩子们在长大

他们就像春天一样

带给我希望和活下去的坚强

我希望就这样平平顺顺

我害怕一点儿波动

手心里的那点儿烛光

哪怕因为一个趔趄

哪怕因为手缝大了一点

就会熄灭

就会消亡

孩子们健健康康

是我最大的愿望

一旦哪个感冒咳嗽

我都要手脚发软心头惊慌

记得有一次

最小的孩子高烧不退

我从工地回来后

背着他从小路赶到乐平

回来时已是满野虫声漫天星光

十来里路上没有人影

我又累又饿力不从心

放下孩子我牵着他走

一声诡异的鸟叫

吓得我一阵颤抖

儿子扑倒我的怀里

"妈妈，给爸爸打电话

我怕！我怕！"

一句话赶走了我的恐惧

无边无际的悲哀

催得我泪如雨下

多少年了

我都是很晚才睡

夜是那么大那么空

世界那么大那么多人

可是我就像一个悬空的星球

只有四颗围着我转的小星斗

我那两岁的孩子

他还不知道生死的意义

他以为那坟上长草的爸爸

还能从乐平回来

举着他

抱着他

疼着他

那场大水后

村里要搞合作社

我信任二牛书记信任远科主任

我没有丝毫的犹豫

谷掰寨我是第一个报名的

我以土地入股

村里又给我配股

我的生活像全寨人一样

充满了希望

亮闪闪的阳光

透过破旧的窗户

洒在孩子们灿烂的脸上

听说村里成立建筑队

我也是第一个参加
后来我在建筑队里
遇到了和我一样悲苦的陈学珍
她的丈夫因为矿难全身瘫痪
卧床八年去世，遗下
三个孩子和一堆债务
她编扫帚卖
她背土豆卖
她做小工
她也跟我一样
苦干累活
也要让孩子去上学
我们同病相怜
我们相互鼓励
我们庆幸
遇到了好时代
遇到了好书记左二牛

有一天二牛书记告诉我
要我做好从那小破屋挪出去的准备
村里要帮我
盖一间屋子，120 平米
"就叫'王学英房'吧！"

话刚落音，我已泪如雨下

我忍不住趴在桌子上

放声大哭

孤寂的夜里

恐怖的路上

绝望的时候

我都没有这样哭过

孩子们抱着我

他们想劝我

却也跟着我

放声大哭，他们虽小

也跟我一样经历着苦难

那一天，阳光不仅仅照在他们的身上

更照亮了他们的心房

建材拉来了

建筑队到了

我是拌灰沙的副工

并负责为建筑工人做饭

跟他们一起

盖"王学英房"

眼泪不止一次落下

喉头不止一次哽咽

当二牛书记告诉我

还要发给我一天一百二十元的工钱时

我坚决不要

我怎么能要

我怎么敢要

我要是要了

还配做个"人"吗

后来我才知道

这是政府的"精准扶贫"

是习总书记 2013 年 11 月提出的

伟大构想,是 2014 年 3 月在"两会"上

再次提出的扶贫战略

党要精准消灭掉

中国土地上所有的贫穷

北京曾经是那么遥远

脱贫曾经是那么艰难

但现在北京看到我了

我也感到了北京的温度

现在我告别了贫穷

一百二十平米的房子

日日都有的工作

月月都有的补助

年年都有的分红

让我不再惊慌不再凄惶

我感恩我们的党

我只希望合作社永远发展

越来越强

不说了

我得去为樱桃树剪枝了

我热爱干活

热爱给我活干的合作社

第五乐章　新村民说

一、李永珉说

（李永珉：北京合众和文化艺术发展公司总经理、
画家、设计师）

我是 2016 年来到这里就不想走的人
村民说我是塘约特殊村民
我说自己是塘约的新村民
获得这个称谓比获得美展大奖还让人振奋

我毕业于北京美院，是个专业画家、设计师
我在巴黎等地有自己的合作画廊
我的画作用当下行话说
在国内外走得很好
在北京和贵州我有自己的公司

但我却喜欢在这一隅奋斗
我有我的理由和考量

我到过许多国家和国内许多地方
我为什么迷上这里
一年有一大半时间在此消磨
并多次放弃个人画展和作品拍卖
这有两个原因
先说第一个
我们国家现在富裕起来了
美丽乡村建设在全国各地如火如荼展开
可是诸多乡村建设是非艺术的
是非本民族风格的
照抄照搬西方的建筑和理念
罗马式、哥特式、巴洛克式等风格的建筑
在中国的新农村进行了大量的复制和拷贝
连美国白宫、俄国冬宫也能在中原大地
找到影子
这是媚外，这是文化的不自信
面对这些洋垃圾
做为艺术家，我十分担忧
西方文化在侵略渗入
若干年后我们的子孙或许将不知道

什么是中国建筑和它的美之所在
我四处反映四处游说
但没有多少人重视
在沮丧之时我来到了这里
帮助塘约规划设计景观
在塘约我正在实现自己的梦想
我要让自己的艺术理想
生根发芽在这块土地上
第二个原因是我遇上了左文学
所以我留了下来
因为他是尊重艺术的人
他是有理念有思想的人
他是个重情重义的人
当我把我对塘约新农村规划的理念呈现于他眼前
他认同，因地制宜，突出特色
汉、苗、布依族等文化都要有所体现
还要节约，还要二十年不落伍
还要有现代性有民族性
还要反对西化反对奢侈
我和他一拍即合
他放手让我去干

于是，我设计的村办公楼是山峰迭起的造型

有着迎风破浪扬帆之意
更有苗寨建筑的韵味

我在老村委会地基上
设计创意独特的厚德亭
村里的绿色植物我用的是山岗上的草药和野草
墙面我用的是山上的片石
你看这盏吊灯
商场买要十万元
我用的是 PVC 下水道管做吊管
前卫又古典
就连公厕我的设计也是节能环保
冲厕的水是下雨天的雨水
农舍的颜色
我选择橙黄和浅红
在这绿色山谷里
它现代而又素朴
有人说这里有点象瑞士和法国的村庄
我总是回答
NO! 这是中国贵州的塘约

我在这里实现了我艺术梦想
塘约不需要感谢我，相反

我应该感谢塘约
许多同行嘲笑我痴傻
在这里没时间创作损失太大
我会笑着指着塘约告诉他们
我的立体作品
画在这个热土上
幕天席地
难道不是一个艺术家
莫大的光荣

我更不悔结交左文学
初来时，村里没有食堂
他总是拉我们到他家里吃饭
知道我是北方人
就让妻子学做面
去年八月巴塞罗那我有个展
塘约的工期恰好很赶
他知道后催我快去
在巴塞罗那和塘约之间
我没有别的选项
这就叫士当为知己者死
这就是滴水恩报以涌泉

我愿当塘约村民

我就是塘约村民

二、徐忠忠说

（徐忠忠：贵州省塘约村荣壹团旅行用品有限公司

总经理，塘约村民）

我该是塘约新村民

2004 年，十七岁的我出去打工时

村里没有多少人注意这个瘦小子

2019 年 9 月回村办厂时

我已是个三十四岁的中年汉

他们诧异我怎么发福了

其实个中拼搏多有艰难

我不愿谈起

他们诧异我怎么回村办厂

这源于我想念故乡

更源于 2019 年 9 月在回乡操办奶奶的丧事上

左文学和彭运科叔叔的一席话

"忠忠，现在家乡的条件好了
路通了厂房也建好了
正好适合你回乡发展
另外，村里劳动力资源充裕
你该回来！"
彭叔叔苦口婆心
"忠忠，回来干吧
本村的叔叔阿姨都盼望你们回乡创业
塘约的未来要靠你们去奋斗
塘约发展离不开你们年青人的力量
你该为塘约的青年人当个榜样……"
左文学书记语重心长

那个晚上我失眠了
留下来的决定在黎明时定下
第二天一早
我和另村小伙伴王文交流了思想
"我们该为家乡干点事
这是情怀所至
这是乡愁所至
也该是男人责任所至！"
我俩把手握在一起

9 月 10 日

我和村里签了办厂协议

9 月 13 日

我从广州拖回了服装制造设备

9 月 15 日

"塘约荣壹团旅行用品有限公司"牌子挂起

很快，第一批本村录用的 40 名女工到岗

很快，投资 200 万的工厂开工

厂办在这里因为运输等成本

效益是微薄的

但我所图不是这些

我要让利润如同山泉淙淙

从容流到村民人家

村里的姐妹不用千里万里

村里的母亲们不用时刻牵挂

远处的亲人，年幼的娃娃

工资到月就发

她们的笑脸便如一朵朵山花

我的心里便如一棵棵苞蕾

一株株绿芽

在悄悄地成长

在温暖地开花

三、彭珍强说

（彭珍强：塘约村回乡创业村民）

我是 2015 年回乡的
今年三十五岁，是两个孩子的父亲
十几年前，就和妻子一起去了浙江
我们没有浙江户口，享受不到
市民的福利，也没有技能
不能走进城市的核心
我们过得很艰难
虽然出生在塘约
我却跟出生在北京的"农二代"一样
不会种田，对于种田也兴趣不大
故乡对于我们来说
像一件旧物件
润泽，放心
却不够时鲜
我们是一个特殊的群体
就像飘到城市里的山风
没有山洞可以进入
没有古松可以栖息

我们就像回到乡村的游客

慰藉了乡愁

却还是过客

心里最终想着的还是

回到闹哄哄的城市

我们的表面，手，肌肤

记录来处的乡音

已经慢慢擦去了乡村的痕迹

我们的装束，红头发，蓝头发，破洞装

甚至，比城市的同龄人还要前卫

可我们的灵魂

依然无法蹬去

攀着脚踝上行的绿色藤蔓

梦中惊醒的时候

口里喊的

依然是乡音中的"妈妈"

我是年底回来的

为的是土地流转

那时候的塘约

动力电已经通上

全自动蔬菜种植基地

也收获了几茬庄稼

塘约活了，虽然

还只是浅浅的流水

塘约的气象变了，虽然

还只是春寒料峭

但我看到了花开，看到了

盛夏的森林

埋藏在骨头里的乡音

被乡音应和，被塘约的风邀请

我决定留下来

合作社替我贷款八万元

我买了一辆货车，加入了运输公司

几乎每天都有充足的货源

一个月三万元左右收入

一年就告别了贫穷

我盖起了小楼

楼前有院子

院子里有妻儿和树

妻子在农业组上班

顺便照顾孩子

每天，炊烟总是

先于我来到村口

我不急着回家

我贪恋每一个从容的落日

城里慌乱的脚步

已渐渐淡远

我的脚

认得走了三十年的路

它走得随意

我不再是城市里

需要鼓腹作势的村民

我放松、自在、舒展

我自由、富足、自信

四、张百香说

（张百香：塘约村回乡创业村民）

我在城里的名字叫张玲

在塘约乡亲的口中我叫张百香

我比珍强大，1979 年生人

我是在 1995 年离村的

那时候塘约到处是石头房子
茅草屋子，就像拍电影的道具
那时我十七岁
拿着家里给我的学费
和改过的时髦名字
去重庆学习厨艺
学习的三年半期间
我都没有回来
我不愿分掉父母兄弟们
本已不够的粮食

拿到川菜初级厨师资格证后
我回到了贵州，直奔贵阳
把家乡放在念想之外
我要新的生活
我要反哺爹娘
2006 年
我用积蓄为父母
盖了一座楼房
这在塘约引起不小的反响
十年过去，这儿依然
一穷二白
村子里越来越空

老旧屋越发破败

老人们日出而作

青壮年出门在外

虽然有万般忧虑万般感慨

我还是抛下父母

到贵阳，继续自己的生活

这一年我搬到龙洞堡东客站

生意在这里达到巅峰

一天万余元的收入并不少见

如此持续了十年

我在贵阳买车买房

除了挂念老去的父母

一切都是最好的模样

2014年开始，家乡发生了变化

我当然希望

塘约因此好起来

塘约从此富起来

塘约从此美起来

一个村庄热热闹闹

一个村庄亮亮堂堂

能让在外的儿女

少了多少思量

村里开始呼吁游子回乡
很多人卷起行囊
纷纷朝着家的方向
但我对此抱着怀疑
持续观望

2016 年
塘约已经彻底变样
碧水蓝天映着红瓦黄墙
路变宽田满当果树满山岗
村里人面带笑急急忙忙
二牛书记给我发过许多次邀请
我都推说"我再想想"
家里人给我打来电话
说塘约村谁不把二牛这群人颂扬
为集体他们都弃了个人梦想
父母亲说我钱也该赚够
钱是数字哪有尽头?
忙忙碌碌从春到秋
是老虎也要把盹打
是鱼儿也要把气透
不如回家
先富带后富大伙一起奔小康

也是我张家女儿

不输男儿风流

也为塘约在外的姐妹兄弟带个好头

一番话说得我内心愧疚

人活着是应该有点追求

更何况父母越来越老

我挣再多钱也不能尽孝

我毅然决然把餐厅关掉

回塘约

农家乐开门迎宾

我的店是二层小楼

上下共有三百多平米

容得下二十余桌两百人

门前是大路交通方便

广场大道路平小车好停

一圈篱笆绕出庭院

满树鸟儿唱出好音

虽然人流量与贵阳无法相比

虽然挣钱数与贵阳难以抗衡

可回到父母身边彼此开心

村邻们常来取经

我张百香从不瞒隐

和盘托出一片真心

各做特色都有生意

做生意怎么能怕竞争

老父为我的表现很是高兴

他说我是须眉英雄

塘约的生意越来越好

我便教姐妹们开店妙招

几个店分布四处

抱团发展生意更好

我已相中一块地三百平米

打算做塘约第一酒店

餐饮住宿融为一体

棋牌体验融为一处

店名不用再改

依然用我的小名"百香"

第六乐章　塘约告诉中国

我是塘约

一个只用了七年时间

便脱贫的村庄

常常有人来这里旅游、采访

常常有人到这里取经、徜徉

我也经常把过去回想

我也经常把未来展望

我也经常看着今日的模样

试图总结自己

为民、为国、为党

贡献一张脱贫的导图

致富的文章

首先我要说的是

至今没有哪个政党

像中国共产党一样

把实现全人类的解放

作为自己的理想

至今没有哪个政党

像中国共产党一样

敢于承诺

要让贫穷在自己的领土上消亡

我们庆幸

生活在这片土地之上

我们庆幸

有着这样伟大胸襟的政党

我们庆幸

在她的坚强领导下

我们真的做到了繁荣富强

十八大的号召

十九大的部署

党把脱贫攻坚的号角吹响

深化改革的春风

在中国的每一片土地上鼓荡

我们这个积贫已久的

国家二级贫困村的村庄

也感受到了春意盎然

我们思考了、等待了、盼望了

十多年的梦想

在这春风里复苏

终于生根、抽芽

茁壮成长

长成了大地上的诗篇

诗歌里的天堂

连俞正声委员长也大为褒奖

"塘约是新时期的大寨

塘约精神需要发扬!"

所以我要说

第一要做的是党建

党一直有着纵横历史的胸怀

党一直有着高瞻远瞩的目光

我们基层党组要紧跟步伐

要永远把党的先进性保持发扬

要保持为人民服务的初心

要保持为百姓谋福利的理想

要保持清正廉洁的品格

要保持团结群众依靠群众的传统

要保持对党坚定的信心永恒的信仰

这样我们才能读懂时代

这样我们才能中流击水

为时代冲锋陷阵扬帆划桨

将支部建立在连队上
壮大了中国共产党
为苦难深重的神州迎来了朝阳
支部和村组的党建工作
深化了党的影响
党员的先锋模范作用
要深入到国土的每一平方
党建就是唤醒
就是号召
就是鞭策
要激励党员心中的每一粒种子
每个党员都要敢于发芽
勇于开放勇于芳香
勇于将自己的光、热、香
洒满每一寸地方

塘约的党建前文已讲
"驾照打分式"管理
是很好的制约手段
党建唤醒的党性
党建积累的先进性

才能使党组有勇气

有力量

有担当

才能成为发动机

成为先锋队

成为有力的抓手

改革才能势如破竹

过关斩将

第二是党紧密联系群众的传统

永不能忘

我们都知道是群众的力量

把共和国送到了天安门城楼上

所以共产党的初心

是为了劳苦大众

不与人民并肩作战

你不知道人民的力量有多么强大

不与人民心心相连

你不知道人民有多么勇敢善良

还记得我们的洗布河吗

这是塘约的母亲河

2014 年她灌漫了田地

我们拓宽她只用了 22 天

还记得我们的十村环村公路吗
这是我们的连心带
我们建好它只用了几十天
这样的成就靠的是人民
勤劳的人民
无私的人民
将心比心的人民
渴望富裕的人民
依靠人民
山可以搬走
依靠人民
水可以改道
依靠人民
历史可以地覆天翻

第三是我们有与时俱进的党
我们支部建立到村庄
我们的干群一直团结坚强
我们的乡民把小康日夜盼望
终于一起迸发出"三权"分置的思想
它提出了新时期农村深化改革大纲
它提供了操作的办法
它指明了农改的方向

它给出了放活地权集中资源的秘方

它的出现，筑起了守住土地红线的堤防

它的出现，打造了党支部、村委会、合作社三驾马车的模式

它的出现，激活了沉睡的自然资源、存量资产、人力资本

它的出现，把农村深化改革红利极大地释放

我们确权，村干部、老协会、土地流转中心全力以赴

我们赋权，经营权内容、土地面积、流转方式登记颁证

我们易权，资源变资产、资金变股金、农民变股东

三权促三变，"金土地"合作社应运而生

机构建立，制度建立

打造了合作社的江山铁桶

凝滞的冻土苏醒

分散的资源集中

束缚的人力解放

陈旧的理念如同冰河遭遇春风

它带来的春雨

将要化作万紫千红

它铺开的土地

将要书写理想的"大同"

它拼合了大纸

现代农业的书写

方有展开的可能

精品农业的规模

才有形成的可能

水果上山

苗木下田

科技进园

市场调查以定产品

土质研究以定种类

市场需要以定产量

专家授课以种新品

土地最优化

产品最优化

人力最优化

时间最优化

规模经营

让塘约的农业

以集团军的速度前进

农业是根

第二第三产业是枝叶

农业是码头

第二第三产业是行船

农业是村庄

第二第三产业是月亮

农业是河床

第二第三产业是流水

日日夜夜不停流淌

农业守住了农村

农村留住了农民

农民成立了合作社

合作社开阔了农村

腾挪出来的时间

腾挪出来的空间

腾挪出来的道路

一起腾挪出塘约的第二第三产业

如繁花

如行船

如月亮

如流水

美好着

丰富着

装扮着

日新着

塘约的画卷

第二第三产业留住了农民

第二第三产业改变了农村

第二第三产业实现了真正的城镇化

第二第三产业弱化了城乡差距

第二第三产业扩大了乡村的空间

第二第三产业改变了乡村的气质

第二第三产业预示着乡村的可能

城镇化的乡村，吸纳了新一代农民

成长中的乡村，吸纳着时代精神

以农促旅的乡村，吸纳了城市的资金

智慧化的乡村，带来了从未有过的自信从容

掌上塘约

世界都能看到我

网络辽阔

塘约也在世界中

新的时代

新的农村

硬件只是幸福的可能

软件才能让美好扎根

我们的第四点也至关重要

那便是"条约式"治村

唤醒幸福的初心

崇德向善

德如青山厚重

善如流水清凌

爱美求真

美如鲜花开放

真如剔透水晶

尊老爱幼

老是家中至宝

幼是明日晨星

睦邻友好

邻是墙外之梅

友是鉴己之镜

尊师重道

道是天上北斗

师是指路明灯

勤俭节约

勤是有源之水

俭是秤杆之星

革除陋习树立新风

倡导文明激浊扬清

一个崭新的村庄

必须要配套文明村风

村风如耳提面命

村风如暮鼓晨钟

村风如当头棒喝

村风如明月清风
村风向上，方可进取
村风节俭，方可守成
村风真善，方可和谐
村风向学，方可永新
红九条
黑名单
"好婆婆"
"好媳妇"
善恶对比
奖惩互现
塘约的明天
才能如春天一样永恒
如流水一样常新

问渠那得清如许
为有源头活水来
刷新天空的是风
刷新河床的是水
刷新历史的是人
刷新世界的是一波波思潮
怒涛般滚动
不进则退

不新则死

风待在原地便是尘土

春待在原地就是落花

一个政党待在原地就是在野

一个村庄待在原地就是废墟

学习，不断学习

是塘约经验的第六点

不断学习才能与时俱进

不断学习才能渠水清清

不断学习才不会被历史淘汰

不断学习才不会重蹈贫穷

塘约的贫穷是守旧的结果

塘约的小康是学习的结果

没有永远的富裕

只有永远的学习

综合学习中心

是塘约的大泵

是塘约的引擎

是塘约的水渠

是塘约源源不断的后劲

深具历史意义的 2020 已经来到

全面建设小康进入了决战决胜阶段

3月2日，习近平总书记在决战决胜脱贫攻坚会

再发号召

要确保全面建成小康社会

虽然抗击新冠肺炎疫情任务艰巨

但一切都不会喑哑扶贫攻坚的号角

神州大地要终结

任何制度都不敢承诺的贫穷

共产党人要用事实向世界证明

我们制度的优越先进

我们人民的智慧勤劳

我们文化的博大精深

我们为人民服务的坚强决心

习近平总书记在贵州考察时曾指出

"切实落实领导责任

切实做到精准扶贫

切实强化社会合力

切实加强基层组织

带领贵州人民实现脱贫。"

我们塘约做到了

陈敏尔书记在安顺指出

"选好一把手

选优配强村级领导班子
是村级发展的关键。"
我们塘约做到了

周建琨书记说
"改革说到底
还是人的问题
左文学'官'不大
但他做的是巩固执政党基础的事
凝聚了人民
意义巨大。"
我们塘约做到了

曾永涛市长说
"塘约之路在于唤醒精神
精神比物质更重要
精神是无中生有
塘约精神催生了'有'
有中生有,还做不到吗?"
所有已经小康的城市
所有还在贫穷的村庄
我们相信
你们可以做到

塘约成功的原因有很多很多
塘约成功的经验有很多很多
塘约成功的因素有很多很多
塘约成功的关键却只有一条
那便是所有领导人们所说的
"找对人，选对路！"
一切的问题
最终要归根到人
归根到人的唤醒
人的信仰
人的精神

融入人民
信任人民
唤醒人民
引导人民
这是中国共产党的制胜秘诀
这是塘约经验的坚实内核
中国共产党在最贫弱的乡村
藉此完成了伟大的革命
村支两委在最无助的塘约
藉此完成了梦想的小康

最贫穷的地方

对小康的梦想更为炽热

最贫穷的村民

对党的需要更为急切

我们的"老支书"村村都有

我们的"左文学"村村都有

我们勤劳无私渴望富裕的村民

一定会被组织起来

一定会被激活动力

一定可以在最贫瘠的地方

种植出最美的花朵

一定可以在最料峭的枝头

呼唤回最温暖的的春风

一定可以在 2020 年

给中国、给世界、给历史

一片辉煌的花海

尾声　塘约之约抑或塘约之跃

我们是塘约

最初的名字叫唐窑，因为

最早的那个唐姓先人

在这里挖了一孔煤窑

五十年代我们改名叫塘耀

但这片肥沃的土地

未能发出耀眼的光芒

贫穷依旧是日常语境中

预设的词汇和表情

后来我们又改名为塘约

我们想和富裕有个约会

想与小康有个约会，终于

我们约到了

7 年奋斗，塘约之约

塘约之跃

塘约终于进入新编年

昨天的塘约

我们不能遗忘

今天的塘约

前文已经细讲

这里要说的是那次约定

我们总觉得它意味深长

总觉得它能够给我们思考

给我们力量

那是 2017 年的 3 月

阳光也像今天一样明亮

各种鲜花开满了塘约的田野山岗

陈敏尔书记来到塘约

他和二牛书记为发展进行商量

"在三至五年内,塘约村集体经济达到一千万元

农民人均收入达到两万元

实现农民收入、村集体经济翻一番。"

这是一个很高的期待

这是一个很大的构想

二牛书记半天思量

咬咬牙当即拍板

他说一言既出,我们唯有力拼沙场

我们知道他的牛劲

并不认为他的承诺疯狂
为实现这个被称为"塘约之约"的约定
塘约人凝聚所有的智慧和力量
朝着既定的目标努力奔忙
第二年三月北京会场
二牛书记接受记者采访
"不需三年，年底就实现有望！"
这个约定
奠定了塘约的小康

这个约定早已实现
"塘约之约"早已成佳话流传
2018 年后我们更是大步拓展
"最后一米路"也已走完
彻底消除贫穷死角
鲜花和笑声
把塘约的所有土地铺满
农旅融合正在深入
一二三产业融合正在进行
生态农业立体构建
休闲旅游全局布置
观光步道已经铺好
美丽民居业已完成

塘约的"梧桐"已经种好
等待引来金色的凤凰

产业兴旺
生态宜居
乡风文明
治理有效
生活富裕
十九大关于乡村改革的总要求
我们已经实现
加快推进农业农村现代化
巩固和完善农村基本经营制度
深化农村土地制度改革
完善承包地'三权'分置制度
十九大关于乡村改革的坚守
我们已经完成
我们在向未来开拓
致富让我们思路开阔
学习让我们视野宽广
我们不要做小小的盆景
我们要扎根未来的土壤
长成茂密的森林
我们要带动周边共同富裕

"六村联营"已在进行
我们紧紧跟进时代的步伐
互联网、人工智能技术
深度融合大数据
先进的管理和营销方式
把塘约推进了高速发展
持续发展的轨道
"智慧塘约"
"掌上塘约"
"大数据塘约"
"客户端塘约"
落子布局
每一粒
都惊天动地
每一个崭新的理念
如同春风一样
刷新着我们的认知
我们永新的未来
也必然伴随着一年一度的春风
姹紫嫣红着塘约的编年

以人为耕
以农为本

以文为心

以旅为轴

塘约的大纲已经写好

塘约的蓝图已经绘就

"塘约之约"已经结束

"塘约之跃"刚刚续签

我们在新时代再次跃起

我们在新未来再次跃进

幼有所育

学有所教

劳有所得

病有所医

老有所养

住有所居

弱有所扶

我们的校园里

孩子们正书声琅琅

"大道之行也，天下为公，选贤与能，讲信修睦

故人不独亲其亲，不独子其子

使老有所终，壮有所用，幼有所长

矜、寡、孤、独、残疾者皆有所养……"

那是我们祖先渴望了几千年的"大同"

我们正在实现

我们必将实现

塘约之约
是一条缰绳
控马疾驰
塘约之跃
是一条马鞭
催马扬蹄
关山飞渡
迈步飞越
从塘约到塘跃
左文学和他的村支两委
是马也是缰
是缰也是鞭
自知前程远
无催自奋蹄
他们必将书写新的传奇
他们必将谱写新的乐章
让我们闭目感受
让中国拭目以待
让世界侧耳倾听……

（五稿毕于 2020 年 3 月 18 日凌晨）

后　记

　　应该说人类社会发展一直就伴随着贫穷和富裕，贫穷一直是一把达摩克利斯之剑，悬在人类的头顶，没有哪个政党和集团能够彻底地解决这个问题。然而，中国共产党带领中国人民终于解开了这个"死结"，这是人类发展史上最为波澜壮阔、彪炳千秋、惊天地泣鬼神的大事件。为此，当贵州诗歌学会邀请我来创作长诗颂歌脱贫攻坚的英雄时，我没有推辞，慨然答应了。同时，我深知这是一个很难完成的任务。毕竟，安徽离贵州有上千公里路途；毕竟，两地乡音相隔，文化差异较大；毕竟，我不太了解贵州，不太了解平坝、塘约和塘约人，但我还是在 2019 年的 12 月 15 日踏上了塘约这块神奇的热土，进行了为时 3 天的采访。

　　12 月的贵州平坝寒意正浓，已是需要烤火取暖的时候。我在平坝王思霖书记的精心安排下，先后采访了塘约村支两委班子、回乡创业者、老村民、少数民族村民、脱贫者以及扶贫办的同志共计 30 余人次，随着采访的深入，塘约巨变和塘约精神慢慢激发了我的创作热情和欲望。随着与以左文学、彭远科为代表的村支两委及村干们促膝交流的深入，我越发被他们的精神境界所感染和打动。十二月的塘约天气严寒，而塘约人的奋斗热情却如春花般开遍田野山洼，那是劳动的美，信念的美，精神的美。习近平总书记要求文艺工作者要创作"讴歌党，讴歌祖国，讴歌人民，讴歌英雄"的作品，本诗便是以此教导为宗旨，通过谱写塘约的脱贫攻坚，雕塑塘约共产党员的奋斗群像，讴歌新时代普通而伟大的党员英雄。

在创作的过程里，我尽量让事实站出来说话，让故事来说出事件的来龙去脉，让细节来支撑主题，用小切口、小剖面来展示一个村寨的巨变史记。我深入了解他们，熟悉他们的故事和叙述的语气，我用当事人的口吻来叙述其艰辛拼搏和精神蝶变的过程。我尽量用平实的语言来使这首诗成为他们日常生活与工作的纪实和还原。最后，我希望能够以村史的方式构筑塘约人的记忆，永志不忘；如有更大奢望，那就是让更多人通过这首诗看到一个村寨的巨变，一个省的巨变，乃至中国脱贫攻坚引起的社会巨变和历史巨变。因为，塘约是贵州脱贫攻坚的成功范例。了解了"塘约之跃"，你就可以从这里看到贵州，看到中国脱贫攻坚全景式的奋进史，"窥一斑而知全豹"，这是我创作的意愿。

这首诗创作于新冠病毒最肆虐的日子。中国共产党再一次通过无私的奉献精神、坚强的领导力、强大的凝聚力和执行力，领导人民，团结人民，依靠人民，赢得了这场战争的胜利。在这种背景下，我的笔是沉重的，我的心是飞扬的，我要以热情和崇敬来写我们的党、我们的国家和我们这个伟大的时代，只恨笔力不逮，作品多有遗憾之处，请诸君批评。

最后，再次感谢贵州诗歌学会李裴、小语等先生的热忱相约，感谢王思霖书记、周忠良主任对我的采访工作的精心安排，感谢塘约所有的受访者，感谢所有在塘约践行党的大政方针的人们，感谢谱写了中国大地上最伟大诗篇的所有人。